『ノスフェラスへの道』

アキレウス皇帝は、ヴァレリウスの手をしっかりと握り締めた。(245ページ参照)

ハヤカワ文庫JA

〈JA769〉

グイン・サーガ⑨⑦

ノスフェラスへの道

栗本 薫

早川書房

5489

INTO THE NEXUS IN NOSPHERUS

by

Kaoru Kurimoto

2004

カバー／口絵／插絵

丹野　忍

目次

さらさら　さらさら　砂が流れる
さらさら　さらさら　時も流れる
ひとをのみこみ　月をのみこみ
砂漠のなかで　砂が流れる
白い砂よ　ノスフェラスの
砂漠がくれた白い時よ
いのちをわたしにかえしておくれ
ラクの歌

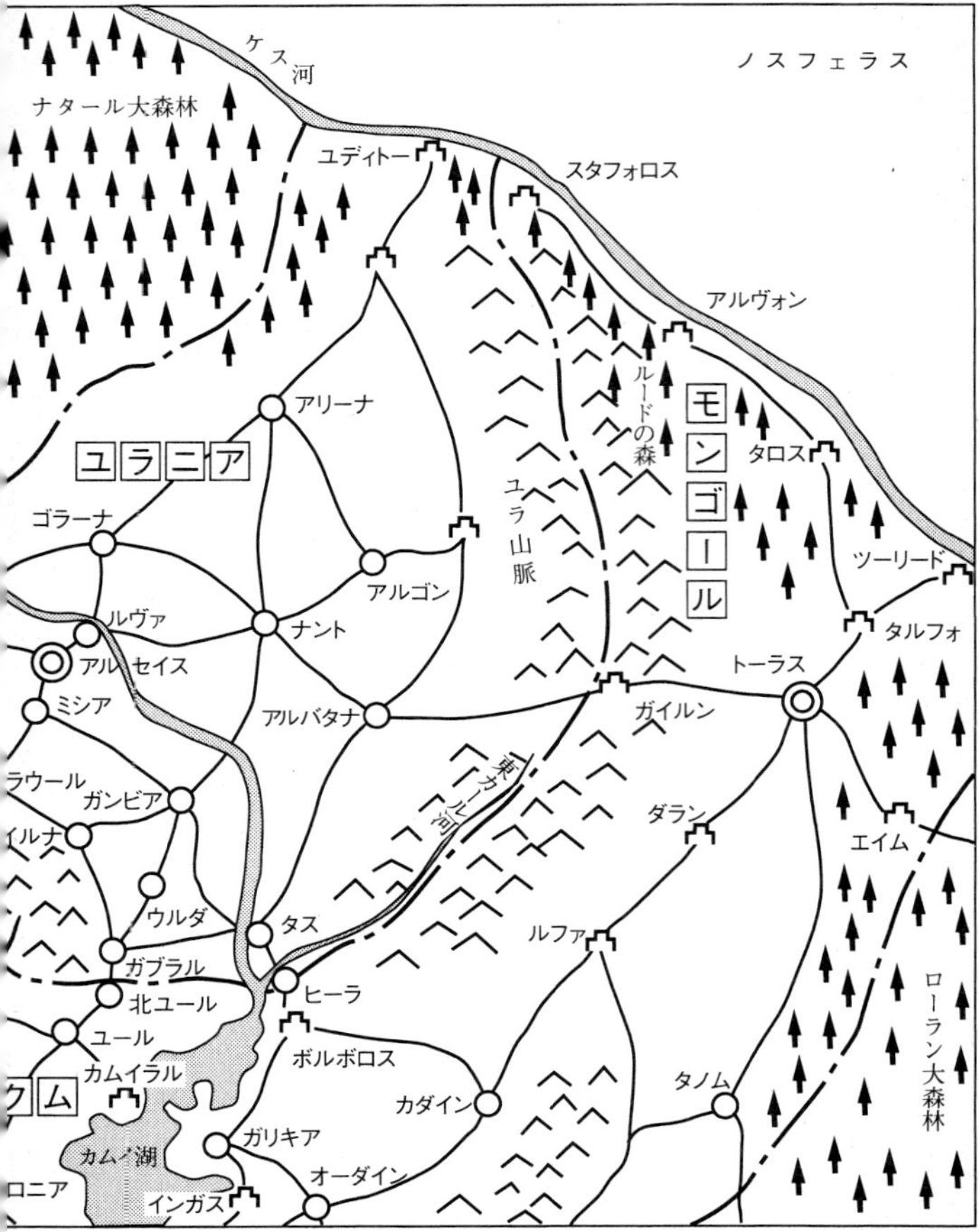

ケス河
ノスフェラス
ナタール大森林
ユディトー
スタフォロス
アルヴォン
ルードの森
モンゴール
タロス
ユラ山脈
アリーナ
ユラニア
ゴラーナ
ツーリード
アルゴン
ルヴァ
ナント
タルフォ
アルセイス
トーラス
ミシア
ガイルン
アルバタナ
東カール河
ラウール
ガンビア
ダラン
イルナ
エイム
ウルダ
タス
ルファ
ガブラル
ヒーラ
ローラン大森林
北ユール
ユール
ボルボロス
カムイラル
クム
タノム
カダイン
ガリキア
カムイ湖
オーダイン
ロニア
インガス

〔中原拡大図〕

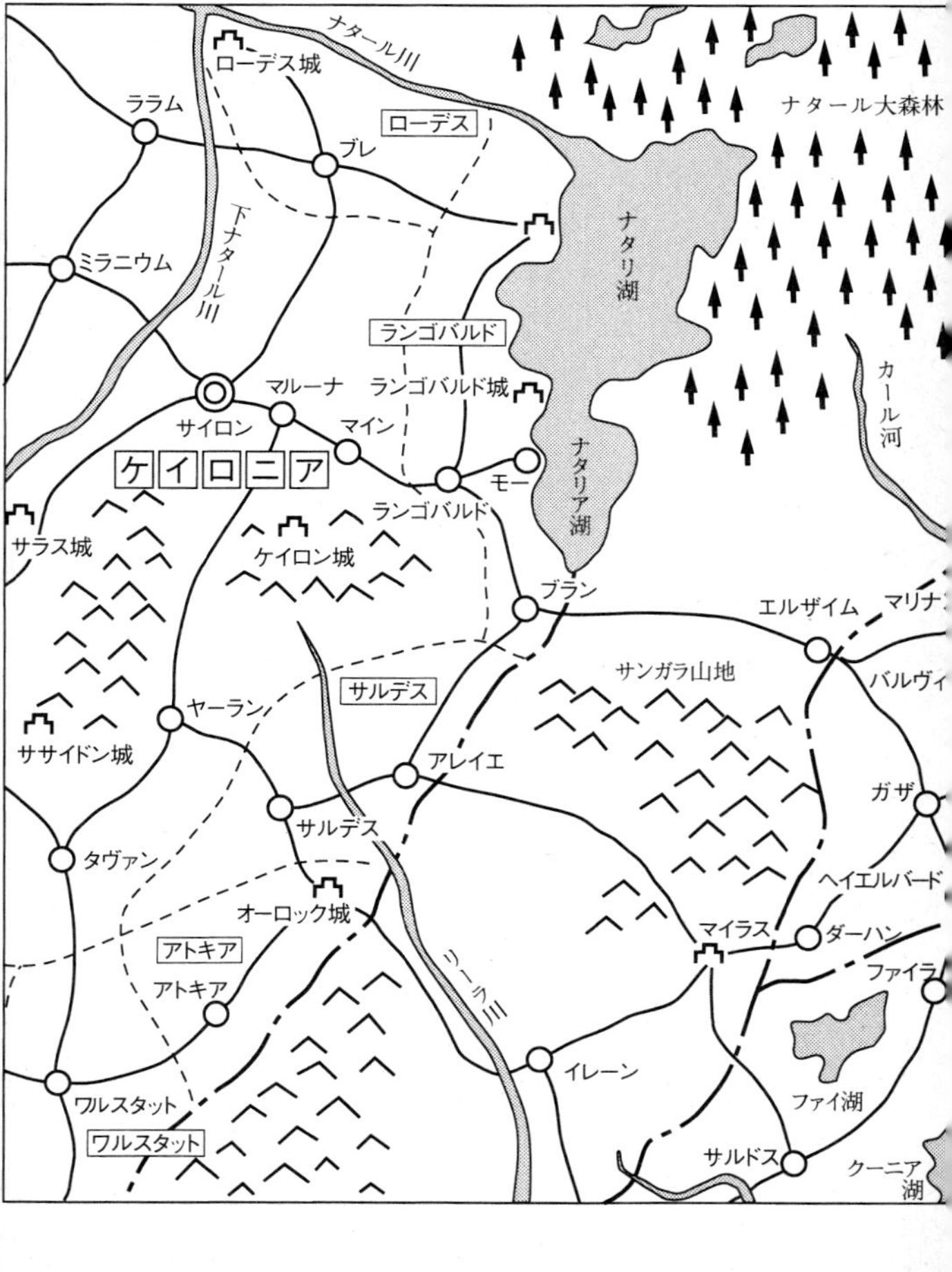
ナタール川
ローデス城
ララム
ローデス
ブレ
ナタール大森林
ナタリ湖
ミラニウム
下ナタール川
ランゴバルド
ランゴバルド城
マルーナ
サイロン
マイン
カール河
ケイロニア
モー
ナタリア湖
ランゴバルド
サラス城
ケイロン城
ブラン
エルザイム
マリナ
サンガラ山地
バルヴィ
サルデス
ヤーラン
ササイドン城
アレイエ
ガザ
サルデス
タヴァン
ヘイエルバード
オーロック城
マイラス
ダーハン
アトキア
ファイラ
アトキア
リーラ川
イレーン
ファイ湖
ワルスタット
ワルスタット
サルドス
クーニア湖

〔ノスフェラス〕

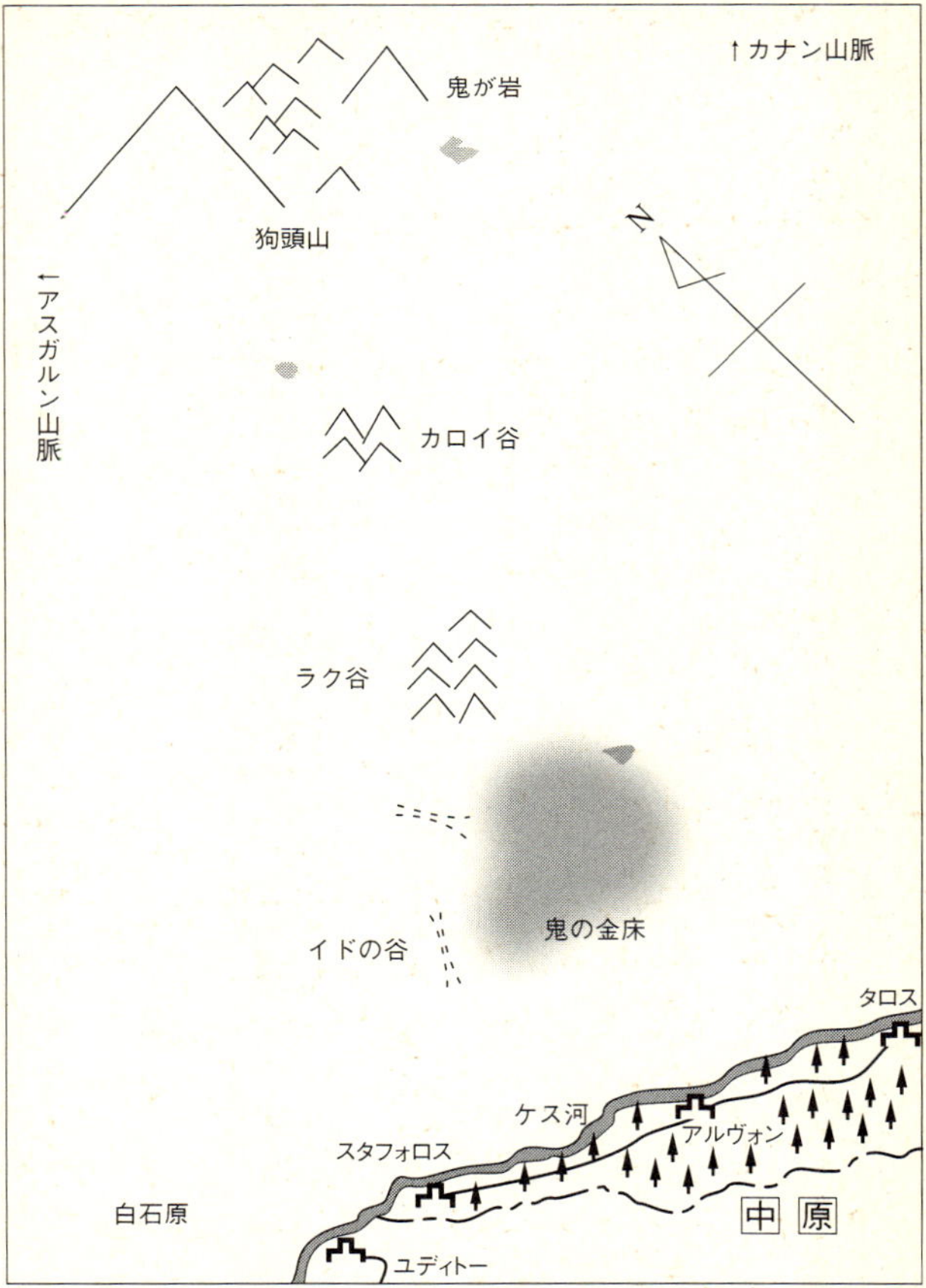

↑カナン山脈
鬼が岩
狗頭山
N
←アスガルン山脈
カロイ谷
ラク谷
鬼の金床
イドの谷
タロス
ケス河
アルヴォン
スタフォロス
白石原
中原
ユディトー

ノスフェラスへの道

登場人物

ハゾス……………………ケイロニアの宰相。ランゴバルド選帝侯
ディモス…………………ケイロニアのワルスタット選帝侯
ゼノン……………………ケイロニアの千犬将軍
トール……………………ケイロニア黒竜騎士団将軍
オクタヴィア……………ケイロニアの皇女
アキレウス………………ケイロニア第六十四代皇帝
ヴァレリウス……………神聖パロの宰相。上級魔道師
マリウス…………………吟遊詩人。パロの王子アル・ディーン
グラチウス………………〈闇の司祭〉と呼ばれる三大魔道師の一人
シバ………………………セムの族長
ドードー…………………ラゴンの族長
グイン……………………ケイロニア王

第一話　黒曜宮の動揺

1

「道中、ご苦労であったな」

親しく声をかけられて、ケイロニア宰相、ランゴバルド侯ハゾスは恭しくこうべを垂れた。アキレウス大帝は、火急の要請に応えるべく、久々に、光ヶ丘の星稜宮をあとにし、黒曜宮へと戻ってきていた。久しぶりにあるじを迎えて、最も広い公式の謁見用ではない、居間の続きのようなやや狭い第二の接見の間も、にわかに活気を取り戻したように見える。

やはり、宮殿も帝国もそのあるじあってこそ――と、ハゾスはあらためて、その思いをかみしめていた。そして、またしても、(何があろうと――たとえこの一身を捧げるとも、グイン陛下をこのケイロニアに、サイロンに、黒曜宮に取り戻さずにはおくものか――)という決意と誓いをあらたにするのであった。

「いささか、やつれたのではないか？　道中が厳しかったか」

かつては獅子心皇帝の名をほしいままにしたアキレウス・ケイロニウスは、最近、めっきりと優しくなり、好々爺になりつつあるとひそかな評判である。晩年にようやく得た、愛娘オクタヴィアと、最愛の孫娘マリニアとの幸せな家庭的な暮らしが、さしもの心たけき皇帝をも円満な好々爺にしてしまったのだと、ひそかに案ずる向きもないわけではない。もっとも、そうした人々も、いざというとき、いったん国難にあたるときには、ただちに皇帝がかつての獅子心皇帝の猛々しさと威厳と厳しさとを取り戻すだろう、ということは微塵も疑ってさえいなかった。

「ありがたきおことば——いや、それがしなど、何のこともございませぬ」

ハゾスはひたと皇帝を見上げた。すでに、彼の心は、ここまでの道のりをほとんど馬で駆け通して一刻も早く——と心焦ってきた、その重大な報告で一杯になっている。

「思いの外の早い帰還であったゆえ、会談が順調に進んだ——とのみは思うてはおらなんだが——ただちにこの女神の間で会いたい、との要請があったということは、何か進展があったか——それとも、何か重大な突発事態があったとみてよいな、ハゾス」

「御意。御明察恐れ入りましてございます。このような際でございますゆえ、ことばを選ばず申し上げます。グイン陛下のおん居所は、明らかになりました」

「何」

アキレウスはさっとおもてを輝かせて身をのりだした。が、また、そのおもてを引き締めた。

「と――喜ばしいだけの話であれば、そのようにそなたがやつれるはずもない。よくない話か、ハゾス」

「――御意」

「どのように。息子は、いま、どこにいて、どのようなありさまになっておると?」

「陛下は――」

ハゾスはごくりと息をのみこんだ。

「ノスフェラスにおられます」

「ノ、ノ、ノ、ノスフェラスだと」

アキレウスは落ち着いた声で、噛みしめるように繰り返した。だが、そのおもてには、さすがケイロニアの獅子――というべく、うろたえるけぶりさえなかった。

「それは確かか」

「一応信じてよかるべき筋からの情報であろうと思われます。というか――パロ宰相ヴァレリウス卿は、その情報を信憑性あり、とみなされたようでした」

「ノスフェラスか。――遠いところだし、われらには未知のところだが、ひととき、グインがシルヴィアを救出すべく参っていたキタイに比べれば、それほど想像を絶して遠いわけでもない。――無事なのか」

「と――申せば、嘘になりましょうか……」

「というと」

「グイン陛下は、記憶をすべて失っておられる――というのが、その――陛下の居場所をもたらしてくれた怪しき人物からの、情報なのでございます。陛下」

ハゾスは、シュクの会談の場所にあらわれた、〈闇の司祭〉グラチウスなる奇怪な人物のこと――そして、そのグラチウスが告げた、世にも奇怪な、ケイロニア人にとっては信ずべからざる顚末について、かいつまんでアキレウスに報告した。《グル・ヌー》の詳細、などについては、そもそもハゾスの知識や知性ではとうてい把握しきれるものではなかったので、ほとんど触れなかったが。ただ、《グル・ヌー》の消滅により、ノスフェラスにおおいなる変化が生じようとしていること、そして、記憶を失ったグインがいまやノスフェラスの王として、伝説の巨人族ラゴン、矮人族セムとともにかの地にあること、そしてまた、その記憶喪失はおそらく、古代機械による、たびたびの転送とかかわりがあるようだ、というグラチウスとヴァレリウスの判断をもつけ加えた。

アキレウスは何もことばをさしはさまずに、だがひとことも聞き漏らさぬよう注意を集中して聞いていた。さいごまで、ハゾスが語り終えて、

「それゆえ、わたくしは――ただちに、陛下より、グイン陛下探索、と申しますよりも

救出の遠征部隊の派遣をお許し願うべく、夜を日についで、このようにしてサイロンへはせ戻って参ったのでございます」

　と結ぶまで、アキレウスはひとことも口を開かなかったが、そのけいけいと輝く目は、白いものの混じった太い長者眉の下で、しだいに鋭さと、そして何か異様な光を増しはじめていた。

「ノスフェラスに、あれがいる――」

　ハゾスがことばをおえて、ふっと嘆息をもらすと、アキレウスは、低くつぶやいた。

「何ということだ。――何もかも、忘れてしまっているだと？　そのような、芝居じみた――というべきか、吟遊詩人の物語めいたことが、うつつにあるものなのか？――だが、おぬしがそう云うからには、それはまことなのだろう、ハゾス。おぬしは、決して、疑わしい与太話をそれと見抜けぬような凡骨ではないし、いい加減な話に踊らされる間抜けでもない。そうであってはいかにして、栄光ある大ケイロニアの宰相がその若さでつとまろうか。――だが、グインが、記憶を？……本当にか。わしのことも……妻のことも、ケイロニアのことも、友どちのことも忘れてしまっていると、そういうのか？　その――得体の知れぬ黒魔道師なるものは」

「御意――」

　ハゾスはうなだれた。

「むろんわたくしも、直接王陛下にお目にかかって見ぬかぎりは、とうてい、あまりにも重大すぎて、ことの真偽ははかれませぬ。それなればこそ、なおのこと、ただちに兵をさしむけ、そして陛下を一刻も早く、このケイロニアにと――」

「……………」

アキレウスは、黙り込んだ。

ハゾスは、この知らせを持ち帰れば、ただちに、アキレウスが激情をほとばしらせ、「無論だ、いますぐにノスフェラスへむかえ、ハゾス！」と獅子吼するものとばかり信じていたので、その沈黙の意味がとれずに、けげんそうにあるじをあおぎ見た。だが、アキレウスの、老いてなお彫像のように端正な顔には、複雑なうれいと、そして心痛の色がしだいに色濃くのぼってくるばかりだった。

「陛下――？」

ついに、たまりかねて、ハゾスは小さく問うた。

「いかが、遊ばしましたか。――このハゾスに、兵をひきい、ただちにノスフェラスへ向かえ、とのお許しは得られましょうや？――むろん、わたくしとても大ケイロニアの宰相としての分と責務はわきまえております。おのれが留守にするあいだ、ケイロニアの政務には支障無きよう、充分に引き継ぎはいたして参る所存ではございますが――」

「気が急いているようだな、ハゾス」

　アキレウスのことばは、しかし、ハゾスには思いがけなかった。

「は——はい」

「その気持はわかる。いや、死ぬほどによくわかる。わしとても、そうときいたからは、いますぐになりとここから飛び出し、この老骨に鞭打ってノスフェラスへと駆けつけたいほどだ。——だが……」

「は——？」

「まずは、わが最愛の婿グインの行方につき、これほど迅速に手がかりを得てきてくれたことに、あつく礼を言おう。——そしてまた、そこまでグインと、そしてケイロニアとを思ってくれるおぬしの至誠にも、重ねて礼を言わねばならぬ。だが——」

「陛下——？」

「だが、おぬしが、ノスフェラス遠征軍の陣頭指揮にたつことは許さぬ」

「へ、陛下——？」

　仰天して、ハゾスはアキレウスをあおぎ見た。そのようなことばは、まったく予期していなかったのだ。

「そ、それはまた——何故に——？」

「おぬしは十二選帝侯の一、ランゴバルド侯すなわち由緒あるランゴバルドの王にして、大ケイロニアのはえある宰相だぞ、ハゾス」

アキレウスの眼が、厳しく光った。ハゾスは、思わずはっと平伏した。

「おぬしがグインを思うてくれる心持は痛いほどわかる。それをしみじみ、有難いとも思う。だが、責任ある宰相の身として——こたびの会談は、余人を代理にたてることも、また秘密のもれることも許されぬものであったし、短期間でもあったから、わしもそのほうの出張を許した。だが、無事に帰還いたすやいなやもわからぬノスフェラス遠征軍などに、わしは、そのほうを出すわけには行かぬ。——そのほうはわしにとってはきわめて大切な人材だ。お前の気持は心から身にしみる。だが、ノスフェラスにはやれぬ。もし万一のことでもあろうものなら、わしは、グインばかりか、ランゴバルド侯ハゾスまでも失ってしまうことになるではないか。そのような危険は冒せぬ」

「し、し、しかし、陛下」

「しかしもかかしもない。お前はもう、サイロンをはなれてはならぬ。ランゴバルド侯ハゾスの持ち場は黒曜宮とサイロン、そしてランゴバルドだ。ノスフェラスへは……」

アキレウスは考えた。それから、何かをふりきるようにうなづいた。

「ノスフェラス遠征軍は、ゼノンを向ける。ゼノンならば、心からグインを敬愛してくれておる。何があろうといのちがけでグインの救出にむかい、全力を傾けてくれようし、もとよりこれは武人の任務だ。選帝侯たるおぬしの出る幕ではない」

「しかし、陛下！」

切なげに、ハゾスはアキレウスの袖のはしにすがるように手をさしのべた。

「わたくしには――そのような状態と知りながら、サイロンでじっと朗報をただ待っている、などということは――それでは、まるで拷問でございます。陛下！」

「年若なゼノン一人では、荷が重い、ということであれば――そうさな、選帝侯の誰やらをつけてやってもよいが、しかし――長期間、国もとをあけてもかまわぬ人物となると、なかなかに、文官、司政官にはおらぬであろうな――しかもこれは、なかなかに困難が最初から予想される遠征となりそうだし……」

「陛下」

ハゾスはさいごの抵抗をこころみた。が、すでに無駄だとは悟っていた。ケイロニアの獅子心皇帝がこのような口調できっぱりとものをいったとき、《綸言汗の如し》とやら、その決意をくつがえし、おのれに都合のよい命令をかちとることのできるものなどは、決してこの黒曜宮にはいなかったのだ。

「どうか、お願いでございます。いつぞや王陛下がユラニアよりお戻りになった折には、それがし、ランゴバルドにてお迎え申し上げました。また、はるばるキタイよりお戻りのさいにも、お出迎え申し上げるの栄に浴させていただきました。……吉例ということもございます。どうか、こたびもまた、ハゾスを、グイン陛下のお出迎え係にお加え下さい」

「むろん、ゼノンが無事グインを救出し、ケイロニアに戻ったあかつきには、国境までなりと、自由国境までなりと――それで気がすまなくば、ゴーラ国内までも迎えにゆけばよい。だが、ノスフェラスへおもむくことは許さぬ」

「陛下……」

もう、アキレウスの心を変えるすべはない、と悟って、ハゾスはうなだれた。

「陛下――」

「おぬしはケイロニア宰相たる身ぞ、ハゾス」

アキレウスは、それとみて、叱責よりも語調をかなりやわらげ、だが諭すように諄々と云った。

「このようなとき、日頃はほとんど感じたこともないが――おぬしもそれではやはりいまだ、血気にはやる青年なのだなあ、と思わずにはおられぬ。――そのような云われようは、これほどにつとめてくれているおぬしには心外かもしれぬ。だが、こたびのノスフェラス遠征におのれも身を投じたい、と望むのは、日頃冷静で思慮深いおぬしとしてはあまりにも短絡、激情、血気にはやった判断のあやまちであると思うぞ。そのことはいずれ、冷静になりさえすればおぬしが最もよくわかる筈――おぬしはここにあり、老年で何かと不自由をかこっているわしにかわってケイロニアの政務をすべて担当している身の上なのだぞ。あまりにも、それは軽はずみと申すものだ、ハゾス」

「お——お——恐れ入ります」

悄然とハゾスはいった。

「それがし、軽はずみな真似をいたしたでございましょうか。——だとすれば恥じ入るよりなき仕儀でございますが——しかしながら、グイン陛下への敬愛の念、またそのおん身を案ずるの一念あまりに強ければ——」

「おお、それはよくわかる。それほどに、わが息子を案じてくれることも、深く有難く思うておる」

アキレウスは眼もとをやわらげ、優しく云った。

「おぬしはどういうものか、そもそもの最初から、グインをいたく贔屓にしてくれておった。また、グインもおぬしをきわめて頼りにしているようだ。なればこそ——グインを迎えにゆくのは、他のものにまかせ、おぬしは、グインがおらぬあいだのケイロニアをがっちりと固めていてくれねば困る。いかにも心騒ぎ、じっとしておられぬ心地であろうが、それではわしが、そうときいては捨て置けぬゆえ、わし自らがじきじき遠征軍の指揮をとる、と申したら、おぬしは宰相として如何する？　止めるのではないか？」

「それはもう——おおせまでもございませぬ。何があろうとそのような危険は、陛下の玉体に、冒していただくわけには参りませぬ」

「おぬしもまた、ケイロニアにとって、ノスフェラスで万一にも朽ち果てるような危険はおかせぬ、という意味で、わしと等しいのさ」

アキレウスは微笑んだ。

「何をおっしゃいますか——」

「いや、まことだよ。おぬしはケイロニアの長い歴史上でも、最年少の宰相として、その任についた。最初は、あまりの若さをあやぶむものもいたし、反感をもつものもいた。だが、いまでは、ケイロニアの宰相といえばランゴバルド侯ハゾス、それよりほかにはおらぬもの、と誰もが認めている。おぬしに万一のことがよしあったとせよ、では後継者は誰となるか、というようなことは誰一人想像もつかぬ。宰相ランゴバルド侯ハゾスがおらぬケイロニア、というものを、誰も想像も出来ぬからだよ。そのことを考えてくれ、ハゾス。わしには、グインもむろん大切だが、おぬしもまた、こよなく大切なのだ。そして、いなくては困るのだ。ましてわしは老いた。おぬしがサイロンで政務をとってくれていてこその大ケイロニアだ。わしにとってはグインがケイロニア王として君臨してくれ、おぬしが宰相として腕をふるってくれ、それを十二選帝侯と十二神将、あまたの武官文官たちが盛り立ててゆく——というのが、もっとも理想的なこの国のありように思われる。いまこの国はグインという重大なかなめを欠いておる。逆に、だからこそ、グインを取り戻すために、おぬしを投入することはとうてい出来ぬのだよ。わかってくれ、ハゾス」

「御懇切なおことば——身にあまるお言葉、あまりに恐れ多く……」

ハゾスはちょっと目をうるませた。このところ、いささか、彼は以前よりも心が動きやすく、涙もろくなっているようであった。

「解りました。——それがしの短慮と焦り、気のはやりから、陛下にいらざるご心配をおかけいたし、申し訳もございませぬ。——また、目の前で、パロ女王リンダ陛下が、パロ宰相たるヴァレリウス卿に、『グイン陛下探索と救出の旅に同行せよ』と命じられるのを見聞きし、ついつい心逸っていたかもしれませぬ。……まことに、お恥ずかしきしだい……」

「パロと、ケイロニアとではあまりにも事情が違う。また、おぬしの話によるところでは、ヴァレリウス宰相はもとより魔道師、魔道師としての任務であって、決して、パロ宰相としての役割としてその遠征に同行するものではないではないか」

さとすようにアキレウスは云った。

「とはいうものの、おぬしがそういうてくれる心持は痛いほどわかるし、有難い、本当にかたじけないとも思うよ、ハゾス。——それゆえ、わしも云うたであろう。本来なら、わしこそが真っ先に宮殿を飛び出してノスフェラスをめがけてゆきたいのだ、とな。——ゼノンは驚喜するだろう。あれはつねに、グインを案じてやまぬ。子供のようにグインを慕うておるのだ。……他にも、グインを助け出すためならば、ノスフェラスよりさらに遠いこの世の果てのカリンクトゥムであろうとも、どこまでも行きたいと望むものはいくらでもおろうよ。あやつも、冥利に尽きるやつだ」

「はあ……」

「それにしても、わしにはまだ、なかなかに信じがたいのだが——」

アキレウスは、ほっ、と重たい吐息をもらした。

「まことに、グインが、記憶を喪失しておると——？　おのれが何者であるか、ケイロニア王であり、ケイロニア皇帝の女婿であることさえ、思い出せぬようになっているのだと？　そのようなことが、あるものだろうか——何かの詐術にかかっているのではないかと思うし、それを確認するためだけでも、とにかく一刻も早く、グインを救出し、ケイロニアに戻ってきてもらわねばならぬ。——その、古代機械とやらいうものが何回か話に出てきたが——」

「はあ、そもそも、パロよりグイン陛下が消滅したとの報告書が出されたとき、『ヤヌスの塔の地下に長年ひそかにおさめられていた古代機械、人間及び物質を瞬間的にはるか遠方に送り届けるという能力をもつ古代機械により、いずくとも知れず転送されたと思われ……』という一節がございましたね。それをご覧になって、陛下が、そんな馬鹿げたことがあってたまるか、とおおせになったのを、このハゾス、まざまざと覚えております。あれは陛下のお居間、星稜宮でのお話でございました。——しかし、いずれにもせよ、われらケイロニアの民にとりましては、世界三大神秘のひとつだなどと云われたところで、ぴんとも来ませぬし、云われたとおりに頭から信じ込む、ということもいたしかねます。ただ、それがし、自らパロにおもむいてきわめてよかった、と思ったことがございましたのは――」

「ウム」

「やはりこの目で確かめておかねば、まことのところはわかりませぬ。――この報告にからんで、ヴァラキア人にして神聖パロの参謀長となった学者、ヨナ・ハンゼ博士なるものが、グイン陛下の失踪にかかわっているのではないかとされ、このヨナ・ハンゼ博士をサイロンに召しだして厳しく尋問すべしとの結論になりましたことを、陛下はご記憶であられましょう」

「ああ。むろん覚えている」

「それがし、実際に、リンダ女王陛下はじめ、ヴァレリウス宰相、そしてこのヨナ博士とも面談したのでございますが、その結果――まあ、それがしの人を見る目などというものに、まあ、あえていうなれば、それこそギランどののおおせになる如く、いまだ若僧でもございますし、どこまで信をおいていただけるか、わかりませぬが、少なくともまがりなりにもケイロニアの国政を預かる者として見たかぎりにおきましては、このヨナ博士なるものは学識高く、志気高く、非常に冷徹な知性をそなえた、若いながらも稀な見識をもつ碩学と見受けました。――それがしが、めったにこのような褒め言葉、使わぬことは、陛下はご存知でおられます。――それに、ヴァレリウス宰相もきわめて率直に心根を吐露してくれましたし、それに、リンダ陛下は――」

ハゾスは、《美しきパロの女王》を思い出して、思わず目を細めた。

「これはもう、おそらく、直接お会いになりさえすれば、陛下もきっと、ほう、これはこれはとお思いになりますよ。――まるで花のような美しさと若さでありながら、たぐいまれにも心気高き、まことに珍しき高潔なる女王であられました。はっきりいって、それがし、相当に参ってしまったかもしれません」

「おい、おい」

アキレウスは笑い出した。

「これはまた、珍しいことをきくものかな。おぬしの口からそのような言葉をきくとは」

「あれは、われわれ朴念仁のケイロニア人がもっとも弱いたぐいの美姫でございますよ、陛下」

ハゾスはちょっと恥ずかしそうに笑った。

「オクタヴィア姫とはまた似て非なると申しましょうか――むろん、どちらもおとらぬほどの美しさといいながら、趣はずいぶんと異なっておられます。オクタヴィア姫が、大輪のあでやかなアムネリアといたしますれば、リンダ姫は華やかな中にも凜然とした純白のラヴィニアと申しましょうか。――どちらも毅然と誇り高く、しかも婦徳の権化ともいうべき貞潔と知性の輝きとをかねそなえ、そして女性らしさも忘れぬ素晴らしき女性であられますが――」

「おい、おい。これはまた、ずいぶんと惚れ込んでしまったものだな。その女王が、稀代の妖婦、というようなことにならねばよいのだが」

「ひと目、女王陛下とお会いになれば陛下もおわかりになりますとも」

ハゾスは強情にいいはった。

「リンダ陛下は、なんというか――なんとも理想的な女王であられますよ。可愛らしさも忘れず、といって未亡人の憂いもただよわせ、しかも率直で、勇敢で、高貴な魂をお持ちで――それがしが、このようなことを申しますと、たちどころに黒曜宮で何をいわれるか、おおよそ見当もつきますが、それがし、それでもいっこうにかまいませぬ。何故となれば、ただひと目リンダ陛下を直接見さえすれば、それまでそれがしをそしり、婦女子の色香にたぶらかされたのだろうなどと非難していたものでも、ころりと、リンダ陛下こそ地上最高の美しき心気高き女王なるべしと最大の崇拝者にかわるに違いないと、それがしは自信を持って確信できますからな」

「これはまた」

アキレウスは笑った。そして、それについてさらにハゾスをからかうのはとりあえずやめておくことにした。ハゾスがあまりに、真面目そのものの顔つきだったからである。

「ただちに、ゼノンとともにゆく遠征軍の責任者、指揮官及び副官、騎士団の編成の腹案作りにとりかかるべし」という、アキレウスの命令をうけて、ハゾスが皇帝の居室を退出したのは、ハゾスが女神の間に入っていってから一ザンほどのちのことであった。

ハゾスは、最初に勢いこんでいたように、自分でノスフェラスにグインを救出にゆく遠征軍を率いてゆけないのだ、とわかって、いささか気落ちはしていたが、しかし、ことをわけてアキレウスに云われてみるまでもなく、本当は、ケイロニアの宰相たるおのれがそのように遠い、しかも危ない、地理さえもよく知られていない辺境への遠征軍を率いて出陣する、などということはとうてい無理だろう、ということはうすうす感づいていたのだった。

2

それに、もともとハゾスはじめ十二選帝侯の面々は、むろんおのれの選帝侯騎士団の頭領ではあっても、決して純粋な武官ではない。むしろハゾスなどはれっきとした文官のほうである。そうである以上、グラチウスの話のようすをきくほどに、グインを取り返すためにはラゴン族やセム族などの未開地の謎めいた蛮人たちと大決戦になるかもしれぬこの遠征軍に、文官のおのれが参加して、かえって足手まといになったり、あるいは途中でひっくりかえったり弱音をはいて面目をまるつぶれにしてしまったりしかねない、ということは、ハゾスには当然予想がつくことでもあった。

（まあ……やむを得ないか。だが、それにしても気のもめることだ）

ハゾスは、物思いにふけりながら、黒曜宮の廊下を、久々のおのれの執務室にむかって歩いていたが、うしろから声をかけられるまで、あまりに物思いにひたりこんでいたので、まったく気付かなかった。

「おお、君か、ディモス」

ふりむいて、呼び止めた——というか、必死になって追いかけてきていた相手の顔をみたとたん、ハゾスは、大きな声で唸ったが、というのも、ワルスタット侯ディモスの顔をみたとたんに、いきなり、なしくずしに、最後にこの親友の顔をみたときの状況——そしてそのときの、憂鬱きわまりない話のなりゆき、などをどっと思い出してしまったからである。それで、日頃の親友同士にもあるまじく、ディモスの顔をみたとたんに、ハゾスの端正なおもては、ひどく曇ってしかめられてしまったのだった。

ディモスは、いかにも気重そうにその友人の肩を叩いた。

「無事に戻ってこられたようだな。思ったよりだいぶん早かったので——何か、進捗はあったのかな」

「まあ、それについてはいろいろと――廊下で話す話ではないからね。だが、まあ、確かに進捗はあったよ」

「それはよかった。――いま、話が出来るかな」

「もちろん。――では、私の執務室まできてくれないか。そっちの横の居室が一番誰にもきかれる心配なく内証話ができる」

パロにむけて出立する直前のハゾスに、わざわざ光ヶ丘まで追いかけてきて、ディモスが打ち明けた相談ごと、きわめて重大な悩みごとというのは、グインの王妃シルヴィアがこともあろうに、相手もあろうに、身分いやしい側仕えの男を寝所にひきいれ、みだらがましい不道徳な行いにふけっている、それをディモスの小姓が見てしまった、という話であった。

これほどに、謹厳なケイロニアの選帝侯たちを困惑させ、憤慨させ、失望させ、げっそりさせる話というのも、そうあるものではなかったので、相談をもちかけたディモスもだったが、それを受けたハゾスも、本当をいえば今度こそ、シルヴィア王妃をひそかに暗殺してしまいたいほどの怒りに燃えていた。だが、とりあえず、重大な任務でパロに急行しなければならず、行けばいったできわめて重大な展開が待っており――そしてまた、その先で出会ったリンダ女王にすっかり心洗われた気持になっていたので、ハゾスは、正直、ディモスの顔をみるまで、そんな気の重い話など——たとえシルヴィアの名前が出ていてさえも、すっかり忘れていたのだ。それをとたんに思い出されて、ハゾスは廊下を、親友と肩を並べて歩きながら長い長い溜息をいくつももらした。

「帰ってきて早々の忙しい君にこんな気の重い話のその後を報告しなくてはならなくて、本当にすまないと思っているよ、ハゾス」

歩きながら、ディモスがすまなさそうにいう。ハゾスは首を振った。

「いや、なに、それは何も君のせいじゃあない。むしろ、このの大変なことになってしまわぬように早手回しに手を打ってゆかねば、それこそおおごとになってから発覚したりしたらさらにさらに不愉快な騒ぎが繰り広げられたろうよ。——万一にも……」

ハゾスは、思わずまわりを見回した。

そして、久々に宮殿に戻ってきた宰相を迎えて、小姓たちや当直の騎士たちなどがにこやかに会釈してゆくのに、いたって紳士的に答礼をかえしながら、しばらくのあいだその先は口に出さずにいた。ようやく執務室に入り、さらにそのとなりの居間の扉をあけ、迎えに出てきた小姓に「当分、人払いを頼む、飲み物もいらん」といいつけておいて、ディモスを招じ入れ、さらに自分で神経質に反対側のドアの向こうだの、窓のカーテンをあげてみてだの、何回か、万一にも盗み聞きなどされていないことを確かめるまで、ハゾスもディモスもひとことも口を開かなかった。

「これでよし。――こうなると、あの魔道師の結界とかいうものは、ずいぶんと便利なものだ」

ハゾスはつぶやいた。それから、いくぶんぐったりした気分になって、革張りの巨大な椅子に沈み込んだ。

「かけてくれ。なるべく近くにきてくれ。一応警戒はしたものの、何があろうとひとに聞かれてはいけない話だからな」

「ああ」

ディモスも気重そうに、これは椅子ではなく、足をのせる小椅子をひきよせて、ハゾスに近々と座る。

「むろん、例の話ということだな」

ハゾスはあらためて、げんなりしたようすで云った。

「どうだった。何か、進展はあったのか」

「あったといえばあったし――ないといえばない、といえばいいのかな。何か、その後、宮廷内に例のうわさがひろがって、とりかえしがつかない段階になる、というようなことはなかった――と思うよ。だが……一方では、問題の女性は、まったく素行をあらためるなどということはしようともしない。それどころか……」

ディモスはいやそうに首をふった。

「私は本当はイヤだったんだがね。信頼できる、私の遠い縁つながりにあたるワルスタットの小貴族の娘が、あちらの女官として入っていることを思い出したので、それに会って、内々で事情を探ってくれないか、という頼みをしてみたんだ。やはりこういうことは、女どうしのほうが詳しいんだろうと思ってね。――彼女は、驚きもしなかった。それどころか、『まあ、もう、ディモス侯のお耳にまで入っているとは。これは大変なことですわね、もっとなんとかして王妃さまを醜聞からお守りする方法はないのかと、クララさまにでもいってみないと』というんだ。で、私が驚いてね、もう、その話は王妃宮では筒抜けなのかといったら、驚くじゃあないか、王妃宮では、誰もが、いったい何回例の男が例の女性のもとに通ったか、最後にきたのはいつで、しかも何時にやってきて、何時に出ていったかまで、何もかもを心得ている、というんだよ！」

「何だって」

ハゾスは叫んだ。そして、この情報が、あまりにも衝撃的だったので、思わず、革張りの椅子の背もたれにふかぶかと倒れかかった。

「それは本当か。だったらもうおしまいだ。由々しきことだ。栄光あるケイロニア皇帝家の名誉は地におちた」

「あの方に関するかぎり、このくらいのことではもはや、誰も驚きさえしないさ」

苦々しげにディモスはいった。

「こういっては何だが、私のことだってあるし——あの例のバルドゥールとも何かあったんじゃないのかというような話もあったし、それに、むろん例のあのダンス教師——おお、これは思い出すのさえぞっとするが……だが、そうした醜聞にもとから包まれている上に、母親からして、あのような最期をとげた女性だ。所詮は、淫婦の血が流れている淫婦なのだろうと皆が納得するだけの話だよ。いやしくもケイロニア皇帝家の名誉にはもはやかかわることもあるまいさ」

「いや、だが、少なくともあのいやったらしいダンス教師の話のときには、まだしも、結婚前だったからな」

ハゾスはおぞけをふるいながら、

「それはただ、かるはずみないたずら娘がおのれの地位もわきまえず、誘惑されてしまった、ということで——むろん褒められた話ではないが、決して、ない話ではない。市井ではしょっちゅうおこっているような、ありふれた転落話にすぎんだろう。そうやって、娼婦におちた娘などはいくらでもいるのだろうと思うぞ。だが、それと——大ケイロニアの将来の女帝になるかもしれぬ身分の女性、しかもげんざいのケイロニア王の王妃ともあろう高貴の女性が、こともあろうに不倫どころか、いかがわしい身分の者と火遊びにふける、などというのは、まったく違う話だ。それこそ——ダリウス大公とのことが明るみに出たあかつきには、もしもマライア皇后が反逆をたくらみ、陛下を暗殺しようなどということを計画しなかったとしても、やはり、処刑されざるを得なかっただろう。国母という立場にある女性なのだからな」

「たまげたことに——ライヤ、これが私の親戚の娘の女官だが、彼女はこういうんだよ。『それでも、このことがはじまってから、王妃さまがとても落ち着かれて、ひどい発作をおこされてものを投げたり壊されたり、また、女官たちを叩いたりなさることがよほど減ってこられたので、王妃宮の女官たちはとてもほっとしていて、むしろこのまま続いてくれたほうがどれだけ楽かと思っているみたいですよ』って」

「神よ」

ハゾスはつぶやいた。

「哀れなるこの国の魂を救い給え」

「救われるべきはこの国の魂だけじゃない、我々の体面もだな」

ディモスは首をふった。

「それは、いまはそれでもまあ百歩譲ってしかたないとするさ。確かに私も、あのかたのとてつもない狂気の発作とでもいうのかな、それにはかなり泣かされたからね。あれは、直接向けられたことのないものにはなかなかに想像がつくまい。あれは、大変なんだよ。ありったけの大声で叫ぶ、わめく、泣き叫ぶ、髪の毛をかきむしる、手当たり次第にそのへんのもので自害しようとする、こちらを殴りつける、何かものを投げつける、悲鳴をあげる——あそこまでになると、あれは確かに我儘の発作というようなものじゃない、昔の医師が、『子宮が女の体のなかで暴れ出す』という病について述べた本があるという話をきいたが、そのような、一種の重篤な病気なのかもしれないな。私は、いつもさめざめとした気持で、荒れ狂う皇女殿下を見つめながら、ああ、やっぱりこれは病気なんだな、このかたはおつむがお病気なんだから、理解してさしあげなくてはいけないのだなと懸命におのれに言い聞かせていたものだった」

「だったら、病人らしく、どこか離れた地方に隔離して平和に静かに一生を過ごさせるしかないだろうな」

ハゾスはぎらりと目を光らせた。

「確かに君のいうとおりだ、ディモス。というか、君のいいたいことはこうだろう。いまは、とりあえず、こういう状態なのだから、その発作のほうが、あの下司の男がいることでおさまっているのだったらそれでもいい。だが、もしも陛下が——グイン陛下がお戻りになれば……」

「まあね」

「王妃の体面はもはやどうでもいいが、陛下のお心を傷つけることも、陛下の面目を失わしめることも——」

「と、いうことだね」

「それは、私も許すわけにゆかないな」

ハゾスは厳しく云った。

「事ここに及んでは、もはや、手をひかえている場合でもないし、申し訳ないながら、現在のたくさんのご心痛をかかえておいでのアキレウス陛下にも、すべてを知っていただくほかはない。我々が糊塗しようと下手に動けば動くほど、たぶん、ほかからお耳に入ったときのアキレウス陛下のご失望も、傷つかれる衝撃も大きいだろう。だが、陛下はあれほどに英明なおかただ。すべてを知られれば、御本人で決断も判断も下されるだろう。その機会を、われわれ臣下の狭い考えで奪うべきではない、そういう気がしてきた」

「ウーム……」

「決してこれは、責任のがれではないと思うのだが、どうだろうね」

「責任のがれだとは思わないよ、ハゾス。君は間違っても何からも逃れようとする人ではない。だが……」

「だが？」

「グイン陛下は……困ったことに、あのしょうもない王妃陛下をこよなく愛しておいでになるよ」

「だからさ、ディモス。だから、陛下がいまあのような状態におられるからこそ——」

言いかけて、ハゾスは、ディモスのほうはグインがいまどこにいて、どのような状態であるかについてはまったく知らなかったのだと気付いて口をつぐんだ。

ディモスははっとしたようにハゾスをみた。

「君が早く帰ってきたと思ったら――もしかして、パロで、グイン陛下のお行方の手掛りが見つかったのだね？」

「まあ、どうせわかることだ。というかこの午後には、正式の召集をかけて宮廷の重臣一同に発表することだ。いまいったところでかまわんだろう。陛下は、ノスフェラスに滞在しておられるのがわかった」

「ノスフェラスだって？　また、なんだって、そんな」

「パロの古代機械で転送され、そしてそのときの衝撃で、どうやら陛下は記憶を失っておられる、というのだ」

「何だって」

こんど、ぐったりとなったのはディモスのほうだった。

が、ディモスの椅子には背もたれがなかったので、もたれかかるわけにもゆかず、ディモスは思わず天を仰いだ。

「神よ。なんだって、そんなことが」

「まだむろんこれは確認されたわけではない。これから私は、アキレウス陛下の御命令によって、グイン陛下の救出にむかう遠征軍をただちに編成する作業につくところなんだ」

「記憶を失って？　なんでそんなことが」

「古代機械というのが、その作用にかかわりがあるらしい、というのがいまわかっているわずかばかりのことなのだがね。そもそも陛下が最初にルードの森にあらわれたときも、その機械で転送されたがために記憶を失っておられたのではないか、というのが、グラチ——ではない、まあ、つまり、その報告をもたらしてくれた者の推量なのだが、たぶんそうなのだろう」

「なんだか、よくわからないが」

ディモスは率直にいった。

「なんだかとんでもないね。いったい、世界は、どうなってしまうんだろう」

「さ、それがわかるくらいだったら私も魔道師になれるというものだが」

「魔道師、魔道師だって。なんだか変だな、ハゾス、パロでどういうことがあったんだ。なんだか云うことが、ハゾスらしくない」

「多少、あのとてつもない魔道師文化というやつに当てられたのかもしれない」

ハゾスは認めた。

「それとも、リンダ陛下のせいかな。——いや、私は、オクタヴィア殿下が大好きだが、この世で最高の貴婦人はむろんオクタヴィア姫以外にありえない、という私の忠誠心は、このたびのパロ旅行でかなりぐらついてしまったよ。——君も、リンダ陛下とは、あちらでお目にかかったんだろう?」

「ああ、もちろん、何回も」

「美しいかただ、そうだろう?」

「ああ、美人だな。それに、凜としているし、聡明だし——確かに、われわれケイロニア貴族にとっては、まさに理想的な貴婦人、理想の女王かもしれないね。ハゾスがいう気持はわかるよ」

「あれほどだとは想像もしていなかった」

またしても、かなり興奮ぎみにハゾスはいった。

「あの気品、あの忍耐、あの高潔さ、あの聡明さ、あの色香、あのお優しさ、優雅さ、優美さ、あでやかさ……」

「おいおい。奥方の前であまりその話をするなよ」

「私はかのケイロニア王妃とはわけが違う。そんなものはまったくよこしまでもなければ、うしろめたい気持でもないさ。私のリンダ女王への賛美の気持は純粋なものだ。だがまあ、リンダ女王ほどとはいわぬまでも、せめてオクタヴィア姫の半分でいい、婦徳だの、淑徳だの、といったものが、王妃どのにあってくれさえしたら……」

「やはり、クムのわるい血、なのかなあ。クムといえば、淫奔の都だの、肉欲の王国だの、好色の国だのと、さんざんな云われようをされているが」

「キタイの血も入っていることだからね」

嘆息して、ハゾスは云った。

「だが、それはさておこう。ともかく正直いって、私は、グイン陛下がお戻りになるまでにこの問題にカタをつけてしまいたい。陛下が王妃を勿体なくも誠実に愛しておられるからこそ、いっそう、いまのこの状態で記憶を失った陛下――どんな状態で帰還されるかわからないが、それをお迎えするのは私としてしのびないよ。ひとつにはシルヴィア王妃をとにかくその不逞の下司野郎ともどもでもかまわぬから、どこか地方に幽閉し――まあおもてむきは病気療養でもなんでもかまわないが、とにかく名目をつけてサイロンを遠ざける。そして、まあ……私は、陰謀家じゃあないが……」

「ハゾス。まさか、君は」

「まあ、あのかたはどちらにせよ非常に不健康な生活を送っておられるわけだし……その不行跡からいっても、いずれそのむくいは受けてもやむないところと思われるし――私としても、あのグイン陛下の奥方、また大ケイロニアの皇帝になられるかもしれぬ子供の母親になるには、あのかたはあまりにもその資格がない、と断じざるを得ないし……」

「し、しかし」

「むろんアキレウス陛下にとってはあんな不肖の子でもいとおしい娘だ。じっさい、お気の毒に、いまだになんとかして、オクタヴィア姫と双方に公平であろう、どちらも公平に平等に愛しようとつとめておられる。それが見ていて痛々しいくらいだ。片方はあれだけ愛される理由のある聡明で気高い忍耐一筋の女性であり、片方はああだというのにさ。だが、陛下にしてもケイロニアの国益がかかっているとなれば——むろん、実際においのちをどうこうというようなことは、これだけの不行跡があったにせよ、陛下としては、承諾はなさるまい。だがもしこれが表沙汰になれば、マライア皇后と同じく、どうあっても彼女は裁かれ、極刑をまぬかれぬところだよ。それもそうだろう」

「そのとおりだ。将来の国母、ないしもしかしたらケイロニアの女帝になるかもしれぬ女性が、夫にそむき、下司下郎と——それは、あまりにも重大な犯罪だからな」

「そう、これはもはや犯罪の域に達してしまっている。だから、とにかく、グイン陛下が無事お戻りになるまでになんとかこの問題をとにかく解決するのが、サイロンに戻って最初に私のなすべきことだよ」

「大変だな、ハゾス」

「なんの、同情してもらうにはあたらない。これも、宰相にとっては、外交問題と同じく重大なケイロニア自体の問題だからね。アキレウス陛下にはお気の毒ながら、明日にでもこの話は陛下にお聞きいただくよ。それにまあ、何も私もただちに幽閉だの、隔離だの、処刑だの、というような手荒な極端なことを考えているわけじゃない。いますぐにシルヴィア王妃が心がけをあらためて下さりさえすれば、まだ取り返しはきく。私の尊敬や、むろんケイロニア宮廷の敬意というものはもはやよほどのことがなければ取り戻すすべはないだろうがね。それは自業自得と諦めていただくよ。だがとにかく、行跡をあらため、ケイロニアの女王としてふさわしかるべき行いをとっていただくこと——その野郎のほうは処刑するか、遠ざけるしかないだろうが——」

「しかし、そいつのおかげで、王妃がすっかり大人しくなり、虫が起きなくなった、といって、女官たちは喜んでいるんだよ」

なさけなさそうにディモスはいった。

「それを取り上げたら、また大ごとになるんじゃないのかな」

「それこそ、許されるようなことではないではないか。もしかして確かにそれは、精神の、頭の病気として、同情されるべきたぐいのものではあるのかもしれないが、じゃあ、だからといって、頭の病気な人間が片っ端から家々に火をつけて歩くのを、あれは病気で、あれをさせておけば大人しくしているのだから、といって許しておけるかい？　それと同じだよ。とにかく、ことはもう、由々しき段階にまで立ち至っている。そもそも王妃宮で誰もが知っているということになれば、本来ならばもう、ことを公にせざるを得ない段階なのは確かだ。だが私としては、やはり、そういう非常に切迫した状態にあられるグイン陛下のおためにも、いまあまり陛下がさらに衝撃を受けられるような事態にはしたくない。といって、あくまでも王妃の素行があらたまらなければ仕方がない。こちらも力づくでの粛清に出るまでだ。だが、そこまでは——とりあえず、もう一度だけ、イヤでたまらないが私なり、アキレウス陛下なりが王妃に話をしてみて、膝詰め談判でその下司を遠ざけよ、と談じ込むまでだな。それ以外にないだろう。そしてそれでもまったく非を悔いる様子が見られなければ、私の裁量によって、そうだな——比較的気候がよくて都から遠いところ、まあ本来ならランゴバルドが一番いいということになるだろうが、私のほうでちょっとさすがにまっぴらごめんだ。失礼してダナエ侯にでも預かっていただき、まあ場合によってはそこで一生を送っていただくか——」

「………」

「だが、私としては……何回思ったかしれないが、もし、オクタヴィア姫が、いまなおあのしょうもない吟遊詩人に未練がおありでないんだったら、いっそすっきりとどちらの夫婦も別れて人生をやり直し、一組の最高の夫婦を作り出すという……その夢は、まだ捨てきれないのだがなア」

「だが、双方がそれを望むかどうかが、まだわからないよ、ハゾス」

ディモスは、いつも冷やかされる朴念仁にしては珍しく苦笑しながら云った。

「私などが云うのは笑われそうだが、案外、その、妻の愚かなところ、病気なところ、夫のしょうもないところに不憫がかかって、それが夫婦となった理由かもしれないよ。ああいう完璧な人びとほど、そうでないものをいとしく思うのかもしれない。夫婦のことだけはね、ハゾス、夫婦どうしでないとわからないかもしれないよ。そのことだけは、肝に銘じておいたほうがいいかもしれないね」

3

むろん、ハゾスは、そのことを忘れたわけではなかった。

(夫婦のことは、夫婦どうしでなくてはわからない――)

それはもう、ハゾスとても、平和な幸福な家庭をかまえているとはいえ、たとえどんな平和で幸福な家庭でも、長い結婚生活に波風がただの一回もおこらない、というわけにはゆかぬものである。

ディモスにとっては、いかに妻と子供たちを溺愛していたとしても、まだ皇女だったときのシルヴィアにあれほど露骨に求愛され、追いかけ回され、執拗に求められたことは、当人はたとえそれに応える気持がまったくなかったとしても、たいへん大きな夫婦の危機であったには違いない。幸いにして、ハゾスには、そのような危機もなかったが、それでも喧嘩のひとたびさえしたこともない夫婦、などというものは地上にいないだろう、とは思っている。

(まあ、しかし……それとはまたおのずと別だ。夫が、妻と耳のきこえないかもしれないとわかった幼い子どもをおきざりにして出奔してしまうだの、妻が、夫の長い留守のあいだに、下司下郎を寝床にひきいれ、それがうわさになってしまうだのということは……それは、やはり、基本的なゼアの貞潔の誓いに背いているのだからな)

いずれは、この問題に本格的に取り組まなくてはならぬことがわかって、ハゾスは憂鬱であった。

だが、当面は、まず遠征軍のことだ。まずは、グインを取り戻すことに全力を傾けねばならない。むしろ、こちらについて考えるほうが、ハゾスにとってははるかに気が楽だったし、熱心にもなれた。

その夕方の緊急御前会議では、アキレウス帝の御前において、集まれるかぎりの当直の選帝侯と現在たまたまサイロンにいる選帝侯ないしその代理、そして武将たちと副官たち、重臣たち、執政官たち、大貴族たちが召集され、ハゾスから、パロで得た、ケイロニア王グインの現在の状況の報告を受けた。基本的にケイロニアでは、こうした情報を、一部の内々でのみ隠して操作しようとすることを決してしないことが国是となっているのである。

それゆえに、ケイロニアの重臣たちはすべて、グインの失踪についての報告はハゾスとほとんど同様に受けていた。もっともマリウスについての事情だけは、もうちょっと限られた最高幹部たる重臣たちにしか漏らされていなかったが。

ハゾスの報告はかれら、ケイロニアを支えるものたちに非常な衝撃をもって受け止められた。そして、その席で、アキレウスの承認はすでに得ていたので、ハゾスは、パロ遠征から帰りついたばかりの若き金犬将軍ゼノンが司令官となり、金犬騎士団の准将ドルカスを副官として、さらにこの遠征を統率するものとしてラサール侯ルカヌスの侯弟、ヴォルフ伯爵アウスを指名することを発表した。アウス伯爵の副官はアウス伯自身がただちに選び、報告するようにとのことばがそえられた。

むろん指名されたものたちには異存があろうはずもなかった。もっとも、ゼノンと前後してパロの警備をバルファン将軍と交替し、サイロンに戻ってきていた黒竜将軍トールのほうは、たいへんにいいたいことがありそうであった。まさかおのれが、この遠征からはずされようとは予測もしていなかったのである。この遠征そのものは想像もつかなかったにせよ、トールにとっては、グインはもとより先代の黒竜将軍として直属の上司なのであり、誰よりもグインを敬愛してずっとグインの副官としてやってきた、という自負もあり、その救出にあたって、自分がはずされるとは、という衝撃でみるも気の毒なくらいがっかりしてしまったが、しかし、あえて決定に異を唱える気力はなかった。おのれが、アダンやバルファンやホルムシウスの如く、貴族の家柄の武人として、最初から将軍たるべく教育されてきたわけではない、グインの副官として登用され、頭角を現し、そしてそのグインがケイロニア総帥からケイロニア王となってゆくにともなって准将、ついにはグインのあとをひきついで黒竜将軍となった、いわば傍流であることはよくわきまえていたからである。

もっとも、それをいうとゼノンも年若である上に、トール同様一介の傭兵あがりの将軍で、まあゼノンの場合にはけたはずれの体格と武勇とできわめて若いうちに抜擢されていったとはいえ、それをいうとケイロニアではとかく差別視されがちなタルーアンの血をひいている、というハンディキャップもある。アダンだの、バルファンだのではなく、ゼノンが遠征軍の指揮官として選ばれたことについては、トールはかなり文句がありそうであった。もっとも、トールももう黒竜将軍の地位についてからそれなりにたつので、ずいぶんと昔のやんちゃ一方の傭兵気質は影をひそめていて、陛下の御前をわきまえ、黙って不服そうにくちびるをかみしめているばかりだったが。さながらそのたくましい全身から、「納得できない」と描いたオーラが立ち上っているかのようであった。

ハゾスがその決定を告げ、アキレウス皇帝が「なおもひきつづき、ケイロニア王グインの留守を守ってケイロニアをもりたててくれるよう」短い演説をして御前会議が終わると、早速トールは、退出する人々のあいだを逆にぬって、ハゾスのところへかけつけてきたが、もう、顔を見る前からハゾスにはトールのいいたいことはわかっていた。

「後生ですから、それがしをその遠征部隊にお加え下さい、宰相閣下」

トールはかたわらでいろいろと打ち合わせをするために待っていたゼノンをいささか

敵意ある目でにらんでから必死の形相で叫んだ。

「グイン陛下はそれがしにとってはずっと通しての直属の上官、それがしと陛下とは切っても切りはなせない間柄だとずっと信じております。というよりも、グイン陛下あってのそれがし、黒竜将軍などという不似合いな身分を頂戴しましたのも、それがし、不向きと存じて固辞いたしましたが、陛下から、おのれの副官としてずっとやっていてくれとお頼みをうけ、そのためには黒竜将軍として黒竜騎士団を統率してくれるのが一番の道だからと説得されてのこと——それなのに、そのそれがしを遠征軍からはずされるという法は御座いませぬ。お願いです。宰相閣下、黒竜騎士団を率いてとは申しません。たとえ、黒竜将軍の地位をお返し申し上げて一介の傭兵としてでもかまいませぬゆえ、それがしを遠征軍にお加え下さい」

「将軍がそのようにいってこられるだろうとは思いましたが」

ハゾスは少々気の毒そうに、なだめるような微笑をうかべて云った。ゼノンが、なんとなく心配そうにそのようすを見比べている。

「しかしながら、この遠征は非常に長引くやもしれません。そのさい、ケイロニアの武のかなめとなる黒竜騎士団と金犬騎士団の長たる黒竜将軍と金犬将軍が二人ながらサイロンをあけている、ということになりますと、これはまた、ケイロニアの守りにかかわってくる、という判断におきまして、残念ながらトール将軍にはサイロンの守りをお願いするように決定いたしました。何卒、ご了承いただきたい」

「それがしはもとより一介の傭兵、黒竜将軍などと呼ばれるのはあまりに荷が重いとずっと思ってまいりましたので」

トールは食い下がった。

「このさい、黒竜将軍の地位は返上いたします。もっとふさわしい武人のかたをおたて下さい。そして、それがしはなにとぞ、金犬騎士団の一兵士として、遠征軍にお加えのほどを。どうか、どうか」

「そういうわけにはゆきませんよ、トール将軍」

困惑して笑いながらハゾスは云った。

「お気持は痛いほどわかりますし、本来、このハゾスが誰より先にこのグイン陛下救出軍に加わってノスフェラスにおもむきたい、と念願していたのです。だが、アキレウス陛下より、それはケイロニア宰相としてあまりに短慮、ととめられ、あついお諭しを受けて断念いたしました。当初はこの遠征軍の指揮官は私以外にないというつもりでいたのです」

「だからって、俺までそれにつきあわせるのはひでえや」

思わずトールは云った。それから、おのれの立場を思い出して顔を赤くした。

「失礼いたしました。でも、そりゃ、宰相閣下がそんなに長いこと、しかもノスフェラスなんていう危険な場所に遠征なさっていたら、そりゃ大変ですよ。でも俺は——でない、それがしは、ですから、本来グイン陛下の右腕としてだけ生きてきた人間で」

「お気持はよくわかりますが……トールどの」

ゼノンがおずおずと云った。きわめて勇猛な武人であったし、戦場では非常に激しい気性を見せもしたが、宮廷にあっては、若年でもあり、タルーアンの血をひく、というひけめもあり、ゼノンはいつもおずおずとして内気な無口な若者であった。

「わたくしも、ご発表をきいて、トールどのにまことに……申し訳がない、と思いました。……しかし、陛下の、アキレウス陛下のお決めになったことでもありますし、わたくしが——なんとか、全力をあげて、一刻も早く、グイン陛下をケイロニアにお連れ戻しいたしますから……そのう——」

「あんたを恨んでるわけじゃないんだが、ゼノンどの」

トールはうらめしそうに云った。

「でも、グイン陛下のことだっていうのに、この俺を連れてってくれないって法はない。どうしても連れてってくれないというのなら、こっそり変装して金犬騎士団にまぎれこんじまいますよ。そのぐらい、本当にやりますよ、俺は。——そもそも、あの人は俺にとっちゃ、こんなに長いこと離れていたのがあのキタイにいったときだけっていうくらいで——あの人がサイロンにはじめてきたときからずーっと一緒だったんだから。最初はあの人は、俺の仲間の傭兵として黒竜騎士団に入ってきたんだし、俺がいろんなことを教えてやったんだし——そして、こないだのそのクリスタル・パレスで消えちまったときだって、俺はその同じクリスタル・パレスにいたんだから……この件については、俺が誰よりもかかわってるわけで……」

「それはでも、私もいましたよ、そこに」

ゼノンが不服そうにいった。

「それは確かに、私はトールどのより少しばかり遅くグイン陛下とお知り合いになるを得ましたが……しかし、それだってほんの数ヵ月とかのことで……僕にとっては陛下こそ、武将とはいかにあるべきかを教えて下さったお方で……」

「だから、ゼノンどのだけが行く、ってのはないですよ」

トールは言い張った。ハゾスが困惑しているところへ、ふいに、小姓が出座をつげるまでもなく、アキレウス皇帝が玉座のうしろの扉を開かせて、再度すがたをあらわした。

「そちらで聞いていたが、ハゾス」

皇帝は目もとをほころばせていた。

「それほどまでに思い込んでいるのなら、このさいやむを得ぬ。トールにも、ノスフェラスにいってもらうしかないのではないか？」

「陛下」

驚いてハゾスは云った。

「しかしそれでは、サイロンの守りが」

「サイロンにはまだ、アダンもいるし——バルファンとホルムシウスがパロにいるにせよ、まだファイオスもいればダルヴァンもいる。また、ゼノンは金犬騎士団の二個大隊を連れてゆくが、残りの金犬騎士団はケルロン准将が率いて国もとの守りをかためる。トールが一個大隊の黒竜騎士団を率いてノスフェラス遠征に加わったとしても、残りの黒竜騎士団を統率できる准将たちは何人かいるはずだな」

「そ、それはもうっ」

飛び立つようにトールがいっぺんに顔じゅうほころばせて答える。

「なんでもおります。何人でも！　どうか、陛下、ぜひ、ぜひこのトールをノスフェラスに」

「そこまで切望してくれるとあらば是非も無かろう」

アキレウスは微笑んだ。

「そこまでわが息子グインの運命を案じてくれるものたち二人が揃っているとあるからは、必ずや、何があろうとグインを救出し、わがもとに連れ帰ってきてくれるだろう。かつてグインがわが娘シルヴィアをわがもとに連れ戻ってきてくれたようにな。頼むぞ、トール。ゼノン——それに、ヴォルフ伯アウス。三人で力をあわせ、グインを無事に、そして一刻も早う連れ戻ってくれ。あれがいないと、どうにもこの老骨、骨に力が入らんでな。なんだか、体の芯が抜けてしまったようだ」

というようなわけで――

首尾よくノスフェラス遠征軍に黒竜騎士団一個大隊を率いて参加することを許されたトールは狂喜して、遠征部隊を編成するために騎士宮にかけもどり、黒曜宮全体も、あわただしい空気につつまれた。

ずっと案じられていた豹頭王の行方が判明したのは朗報であったが、一方では、それがよりにもよってはるかな謎めいた辺境のノスフェラスである、ということ、そして、「王は記憶を喪失している」という、ケイロニアの人々にとってはいっこうにわけのわからぬ、困惑させられる情報をともなっていたために、ケイロニアの重臣たちは不安になり、疑心暗鬼にもかられていた。むろん、その状況を収拾しようとする、アキレウス大帝や宰相ハゾスの英知や手腕に対してはいささかの信頼も欠くことはなかったが、それにも増して、（いったい、何がおこったのか？）（本当にグイン陛下は救出されるのか？）（本当にグイン陛下がちゃんとケイロニアに戻り、再び以前のように雄々しい頼もしいケイロニアの守護神として君臨するようになるのか？）（いったい陛下の記憶というのは戻るのか？）といった疑惑にさいなまれて、動揺していたのである。

それゆえ、御前会議が解散すると、貴族たち、武官たちはそこかしこで、仲間どうしよりつどって、こそこそと、決して大声には出来ぬながらその懸念について話し合った。不安で話し合わずにはいられなかったのだ。これはケイロニアの貴族たち、武将たちにとっては、きわめて大変な危機、ケイロニアの将来に対するおそるべき挑戦であった。もとより強大国ケイロニアの最大の弱点が、「後継者問題」であることは、かれらは知り抜いている。そして、それを一気に解決してくれたのが、グインのケイロニア王即位であり、そして、いずれは、しかるべき皇子も生まれようし、またそれをグインが盛り立てて、アキレウス大帝の時代にもたらされたケイロニアの栄光は、これでようやく次代も続くことが約束されたのだ、とかれらは期待していたのであった。

だが、それがいまやおびやかされようとしているのだ。いたるところで、「記憶喪失」についての蘊蓄がかたむけられ、あやしげな古い書物までが引っ張り出された。宮廷の図書室は、にわか勉強で「記憶喪失」の医学的な説明を求める貴族たちの列が出来た。といっても、ケイロニアの医学はパロのように系統だって進歩しているわけではなく、そんなに詳細にこの病気を研究した書物なども、あるわけではなかったのだが。

一方では早速ノスフェラス遠征軍の準備が進められはじめた。いつまでかかるかわからぬほどのこの長期の遠征のために、特別にただちに予算が組まれなくてはならなかったし、また、どれだけの輜重部隊が、どこまでついてゆけるか、そこから先は現地調達で兵たちの兵糧や武器の補充などをおこなえるか、という問題もあった。さらに、もっとも重大な「遠征の計画」の問題もあった。早速トールとゼノンとアウス伯爵とは、あわただしく会議を招集し、同行する予定の副官たち、隊長たちを集めてこの問題の討議にとりかかる支度に忙しかった。

当然、それにはハゾスも参加すべきところであったが、ハゾスはその前にさらにやらねばならぬことがあった。くだんの憂鬱きわまりない問題についてである。

「陛下」

とりあえず、編成状況の報告をかねて、ふたたび、アキレウスの居間をハゾスが訪れたのは、そろそろ夜に入ろうというころであった。

アキレウスはしばしの間、少なくとも遠征軍が出発してゆくまで黒曜宮にとどまることとなり、事態が事態であるので、夕食もごく小規模に自室に運ばせてすませていた。もともと質実剛健な気風のケイロニア皇帝家である。特別な場合をのぞいて、パロの如く毎晩のように晩餐会が行われる、などということもないし、山海の珍味が皇帝の食卓に並ぶ、ということもない。ハゾスが、今度は謁見用の室ではなく、皇帝の黒曜宮での居室に許されて入っていったとき、老皇帝はきわめて質素な、全麦のパンと焼き肉を少少、それに煮込んだ野菜と、豆と腸詰めのスープ、といった夕餉を孤独にひとりで居間の執務用の机の上でしたためているところだった。唯一の贅沢のように、好きな山の天然炭酸水で割ったはちみつ酒の杯がひとつ、そえられている。

「お食事のお邪魔をしてしまいまして——出直しましょうか?」

「なんの、かまわぬさ。もう終わるし、第一、飯などいつどうでもかまわぬ。おぬしの話のほうがいつだって重大だ。そうだろう、ハゾス」

「はあ……」

「だがその顔つきだと、わしが食欲をなくすような話のようだな。よし、いまこのスープを片付けてしまうから待っていてくれ。それでもうよいことにしよう」

「しかし、それでは——ちゃんと、おあがりになりませんと」

「わしは、いつだって健啖だよ」

皇帝は認めた。

「だが、おかしなもので、長い長いあいだ、ただ単にからだの必要や空腹を満たすためだけに味気ない食事を続けてきて、そして、ごく短いあいだ、娘と孫と暮らして娘の料理してくれる家庭的な料理を食べるようになった、というだけで、人間などというものはいともたやすく堕落してしまうものなのだな。いや、下らぬ話で、帝王にあるまじき軟弱さと云われそうだが、たった一日か二日、この黒曜宮にきて、タヴィアから離れている、マリニアちゃんの顔が見られない、と思っただけで、なんだか何を食っても味気がない。どれを口にいれてもろくろく味がせんような気がする。——わしもいい加減じじばかだな」

「いえ、そのお気持はよくわかります、陛下」

「タヴィアの料理はうまいのだよ」

目元をほころばせて老皇帝はいった。

「あれと暮らすようになってわしは生まれてはじめて家庭料理というものを知った。それにいままではすっかりわしはいかれてしまっている。――これまで、生まれてこのかたずっと、最初は皇子として、次には皇太子として、それから皇帝として、料理人が作り、毒味係が毒味をし、そして運ばれてくるころには冷え切っているような、味気ない豪華な通りいっぺんの宮廷料理しか食ったことがないままで育ってきたからな。食べ物などというものは、何の楽しみだと思ったこともなかった。――だが、いまは違う。タヴィアが、毎朝毎晩、わしのからだのことを考え、きのうはお肉だったから、今日はお魚にしましょうね、お父様、今日は珍しいトーラスの風土料理を作ってみましょうね、と自ら材料をそろえさせて腕をふるってくれる。わしもさすがにそろそろ、少しばかり柔らかいものでないと食べにくくなってきたよ。かつては、固い肉を食いちぎって仇のように食い荒らしていたものだったがな。タヴィアのおかげですっかり甘やかされてしまった。たとえタヴィアがわしの娘でなかったとしても、あのユリアの娘でなかったとしても、あの料理人としての心づかいと腕前だけで、わしはあいつに惚れ込んでしまったに違いない。もっとも、おかしなことにな、ハゾス」

「はい」

「あやつは、『私が料理ができるなんて、思ったこともなかったし、想像さえしなかったわ』と楽しそうに云っておったよ。自分は料理など習ったこともなかったし、また、一生涯そんなものを作ることなどないと信じていたそうだ。男性として育てられたのだから無理もないな。——そのタヴィアをこんないい主婦に仕込んでくれたのは、トーラスの、あいつが『おっかさん』と呼ぶ小さな居酒屋のかみさんだったそうだが、その『オリーかあさん』とやらいう田舎のばあさんの肉まんじゅうが、この上もない絶品だったそうだ。その話をきいて、わしは、一度でいいからトーラスにいって、そのちっぽけな居酒屋とやらの暖炉のわきに座り、そのばあさんの作る肉まんじゅうだのシチューだのを食ってみたいものだと思ったよ。なんだか、タヴィアの話をきくだけでも、えらく楽しそうで、それに暖かい感じがしてな。——だが、マリニアが、あのようにすくすくと育ってあんなに素直で明るいのもたぶん、そのばあさんの一家がみな善人ばかりだったからに違いない。それを思うと、わしは、あの可愛い子をその一家から取り上げてしまったというのが申し訳なくてな。——出来ることならサイロンに呼び寄せてやりたいくらいだよ。その一家も、みなマリニアを自分の孫、娘として本当に可愛がってくれたそうなのでな」

「心あたたまるお話でございますな」

ハゾスは、その話にくらべて、おのれがこれから切り出さなくてはならぬ話がいかに、あまりにも違うことかと悲痛な気分にさえなってしまったので、うめくように云った。

「そのようなお話をきくと――これからのお話を陛下に申し上げるのが、このハゾス、辛くてたまらなくなりますが――しかし、なんとしても、遠征軍が出発する前には、ともかく陛下のお耳にいれておかずにはおかれぬことでございますので……もうお食事はおすみでございますか」

「ああ、すんだ。では下げさせよう」

皇帝は小姓を呼び、夕食の盆を片付けさせ、カラム水を持ってこさせた。そのあいだ、宰相と皇帝は押し黙ったまま、じっと宙を見つめていた。

小姓がひきさがってゆくと、だが、ゆっくりとアキレウスはハゾスのほうをふりむいたのだった。

「憂鬱な話のようだな、ハゾス」

アキレウスは云った。それから、老いてなおたくましい肩をちょっとすくめた。

「ならば、わしのほうから切り出して、話しやすくしてやったほうがよいかな。おぬしがここにそのように深刻な顔をして入ってきたときから、なんとなく、想像はついておったよ。――ハゾス、おぬしの持ってきた憂鬱な話、というのは、おそらく、あれだろう。シルヴィアのことではないのか」

「へ、陛下」

ハゾスは絶句した。そして、なぜ知っているのか、と問いただすことさえ忘れてしまった。

4

「ご——御明察……」

「やはりそうか」

アキレウスは、カラム水をひとすすりすると、憂鬱そうに溜息をついた。

「ご存知で——ご存知であられたのでございますか」

ハゾスは、明敏な彼にもあらず、あまりに狼狽していたので、かまをかけられているかもしれぬ可能性さえ、思い至らなかった。アキレウスはだが、不必要に話をややこしくするつもりもなかった。

「こう見えてわしのところにもさまざまな情報が入ってくる。というよりも、どうも、女官長などというものは金棒引きというか、『これは由々しき大事につき、どうあれ陛下に御注進いたさなくては』などと考えるものなのだな。——女官長の、誰かはいわぬ。何人かいる女官長のなかの誰かが、わしのところにまあ、懇切な手紙をよこした。だが正直いって、わしはそれほど失望もせず、また驚愕もせんかったよ。そして、おのれが、おのれの娘についてのそのような不面目とも不名誉ともなんともいおうようない告発に対して、ちっとも驚いたり怒ったり――またその御注進をしたものに対して疑いの心持を持ったりすることなく、『ああ、やはりな』というような気持しか持てなかったこと、そのものになんだかひどくがっくりしたよ。わしはもう、ある意味では、あやつをすでに見限っていたのだな――そして、わしのそのような冷たさこそが、もしかしたら、あやつをそのようなところに追い込む遠因ではあったのかもしれぬ、とも思ったのだがな」

「陛下は冷たくなどあられませぬ」

怒ってハゾスはいった。

「それどころか、どのような父親でも逆上するような場合にさえ、実に誠実に、お優しく、思いやりにみちて王妃陛下を取り扱っておられます。誰が何といおうと、わたくしは、今回の不行跡がアキレウス陛下にかかわりがある、などというほのめかしだけは、一寸たりとも認めることが出来ませんぞ」

「おぬしがそういって慰めてくれるとほんの少々気が楽になる」

アキレウスは憂鬱そうにいった。そして、ちょっとハゾスを制するような手ぶりをした。

「すまぬが、小姓を呼んで、わしは酒をたしなむよ。酒に逃避するなど、卑怯千万とは思うけれども、この話はどうも、酒でもないことには、いたたまれそうもない。ケイロニアの獅子も老いたと馬鹿にしてくれてもよいが――それとも、おぬしもつきあうか、ハゾス」

「いただきましょう」

ハゾスはきっぱりといった。

「まさしくこれは、酒でもないことにはいたたまれぬお話でございます。その陛下のお気持ちは実によくわかりましてございます」

「そうか。すまぬな」

アキレウスは呼び鈴を鳴らし、呼ぶまで来るなと命じてあった小姓を呼び寄せて、好みの強いはちみつ酒の支度を命じ、食事のすんだ盆を持ってゆかせた。

「このところ、わしは星稜宮で、幸せで平和なおだやかな酒をしか、たしなんでおらなんだよ」

アキレウスはつぶやくように云った。

「むろん、グインの行方を案じる思いが高まった夜などは、酒の味が苦く感じられることもままあったがな。だがそれでも、かたわらにマリニアの可愛らしい笑い顔があり、タヴィアの聡明な笑顔があってくれれば、それだけでわしはつねに幸福だった。だが――考えてみると、わしがそのようにして、家庭の幸福に溺れてしまっていたあいだ、シルヴィアはつねに、そのような幸福からはじき出され、ないがしろにされていたのだな。当然、そのようなことも感じていたであろう。それを思うと——わしは、むげにシルヴィアだけを責めるわけにもゆかぬ、という気がする。——ことに、やはり、どうしてもわしは、あれの母親を死まで追いつめたこと、またそもそもは、その母親の背反が、わしが愛し得なかったことに由来していることを考えざるを得ぬ」

「マライア陛下のことについてはまた別といたしまして、しかし、シルヴィアさまについては、本来であれば、オクタヴィアさまがはじめて陛下にお与えできたそのような幸福とは、充分に、シルヴィアさまからもお与えになれたものだったはずなのではございませんか」

手厳しく、ハゾスは云った。それからだが、小姓がドアをノックして、酒を運んできたので、かれらは黙り込んで待っていた。

小姓がそれぞれの杯にはちみつ酒をつぎ、アキレウスの杯には天然の炭酸水を注いで割って、ちょっとしたつまみにアキレウスの好む木の実や干果の盛合せを入れた銀の鉢をおいて下がってゆくまで、二人はとろりとしたそのはちみつ酒の黄金色の味わいをめでながら、口をきかなかった。小姓が扉をしめて引き下がってしまうと、口をきったのはアキレウスだった。

「まあ、そのようなわしのくりごとはどうでもよい。それよりも、おぬしが帰ってきたら、まことは、実はわしのほうからおぬしに相談をしようと思っていたのだよ、ハゾス。わしは、どうすべきだと思う」

「そ、そのように直截にわたくしにおたずねになるのでございますか」

いくぶんうろたえて、ハゾスは口ごもった。

「わたくしのような――このような物事にはことのほかうとい人間に。しかも、陛下のお身内のことでもあり――」

「このような物事、とは、色恋沙汰、という意味か。それをいったら、わしとても似たようなものだが、はっきりいって、わしは、これは色恋沙汰だとはまったく考えておらぬよ。ハゾス」

「………」

「色恋沙汰ならば、いくらなんでもわしとても多少の経験はある。タヴィアの母親のユリアがそれだったと思う――もしかしたらそれが唯一の色恋だったかもしれぬが、それでも、それはわしにとっては大切きわまりない思い出だ。それがなかったならば、どんなにかわしの人生は味気ないものになったことだろうと思うし、そう思うといまだにわしにとっては、わしを愛してくれたばかりに非業の最期をとげたユリアとの悲恋が、わしの人生の土台なのだと思うことがある。――だから、もしもあの馬鹿娘がいうては何だが夫のあのような異相を受け入れることができず、いかに夫が素晴しい大丈夫であるかも理解できぬほどおろかで、みめうるわしい下郎にでも恋をした、とでもいうのならば、それはそれで——同情の余地はないわけではない。理解できる、とはとうてい云えぬがな。わしにとっては、グインは最高の息子にして最高の英雄で武将で素晴しい支配者だ。このような男を愛せない女など、まったく女としてどうにもならぬ、とわしなど考えてしまう」

「……………」

「だが、シルヴィアは色恋でその下司下郎に溺れたわけではない。——あの腹立たしいキタイへの拉致事件のときには、まあ少なくとも当人はそれが色恋であると誤解をした、というふしはあったにせよな。今回はいかなる状況を調べさせてみても——しょうがないので、いやでたまらなんだがわしもその御注進をよこした女官長を呼び寄せ、ぎゃあぎゃあ騒ぐのを押さえつけておどしあげ、シルヴィアの色事についての実体を調べさせるようにしたよ。その結果はだがなかなかに不愉快なものだった。シルヴィアはその下郎だけではない、ほかにも数人、粉をかけてみたらしい。シルヴィアさまに寝所に誘われたが、とんでもなき不忠と断った、と愛人だの妻だのに語った騎士がいたそうだ」

「なんと」

なんとも言いようのない気分で、ハゾスはつぶやいた。

「なんと、また、それは」

「そうだ。まったくそのとおりだよ。――そして、結局のところ、シルヴィアはおのれの誘いを受けたそのなんとやらいう――知りたくもない――もっとも身分の低い下郎をおのれの寝所に通わせるようになった。どうやら、シルヴィアにとっては、相手は誰でもちっともかまわなかったらしい」

「いったい、な――なんでそんなことが」

思わずハゾスはどもった。

「いったい何が不服で、シルヴィアさまは……」

「と、わしも当初は思ったがね。女官になおもよく調べさせてみたところ、どうやら、シルヴィアはある夜をさかいに突然錯乱した――といっていい状態になったらしい。グインの夢をみた――当人は、夢ではなくて本当にグインがあらわれ、おのれを叩き切ろうとした、などと気の狂ったようなことをほざいていたらしいが、ともかくそういう夢を、あのさだまらぬ頭で見て、現実と混同してしまったのだろう。それで、『グインに殺される』と騒ぎ出してとまらなかったときがあり、それをなんとかなだめるのに女官どもがたいそう苦労をした。その発作はしばらくのあいだ続いたが、やがておさまった。そのあとからだそうだ、シルヴィアが何人かのみめよい騎士だの、なかにはいったいどうして、というようなみめのよろしくない騎士だのまでに、粉をかけて、自分を抱くようにと、としきりと誘惑しはじめた、というのは」

「……」

ハゾスは鋭敏そうに身震いをした。謹厳なハゾスにとっては、想像もつかぬ話だったのだ。

「わかるよ」

気重そうにアキレウスはいった。

「まさに、わしも、最初に話をきいたときには、そのような反応をしたものだ。わしの場合には、それにもまして、いったい、このわしの——このわしのだよ、かりそめにも半分はわしの血をひく娘がどうして、という信じがたさもあった。だがマライアの淫奔なクムの血、などということではなく——そのあとずっと考えているうちに、なんとなく、わかるようになったことがある」

「そ、それは——どのようなことでございますので……」

「だからといってこのような行為をする言い訳にはならぬよ。決してならぬ。だが、たぶん——シルヴィアは寂しかったのだろう、とは——わしは思うた」

「寂しい……しかしそれは……」

「新婚のグインにパロに下るように命じたのはこのわしだが、そのおりには、シルヴィアはかなり、グインを送り出すのに錯乱したらしい。もうどこにもゆかない、ずっと一緒にいるといったではないか、と泣き騒いで大変な騒ぎをひきおこしたのを目撃した王妃宮のものが多くいる。これはもう人の口に戸もたてられず、ちょっと事情通なら誰でも知っている話だ。だが、グインは相手にしなかったらしい。これまた当然だがな。グインには果たさねばならぬ任務があったのだから。……しかし、シルヴィアはどうやらずっと、グインに『置いてゆかれた』ことを根にもっていたのだろう。それで、おそらく、そのような――思い詰めて、グインに切り捨てられようとする、というような夢をみたのだろう」

「しかし、夢を――夢をみたからといって、そのような……」

「あいつは、たぶん――頭が育ちそこなってしまったのだよ、ハゾス。あいつは病気なのだ」

アキレウスは悲しそうにいった。

「それはもう、わしにはわかった。マリニアは耳が不自由だったが、あいつは頭の出来が普通のものと違う。頭というより、心が病んでいるのかもしれんが――マリニアと違い、そう生まれついたというわけではなかろう。だとしたら、もしかすれば、あれがそうなったについてはわしにもおおいに責任があるのかもしれん。だが、それをいま云ってもはじまらぬ。最初はわしもとても煩悶したよ、ハゾス。ひとつには、グインに申し訳がたたぬ。グインはわしの命令をうけてパロに下り、パロを救うために粉骨砕身した揚句に行方不明になってしまった。グインがシルヴィアのもとに戻れなくなったことは、むろん不可抗力でもあるが、そのおおもとをもたらしたのは誰か、となじられたら、結局のところわしにあると云わねばならぬ。わしがグインにパロに下るようにと命じなければ、グインはいまだにケイロニアにいて無事だっただろう。その結果、パロはどのような展開になったかもわからぬし、それが中原全体にどのような影響を与えたかもわからぬが、しかしそれはまた別の話だ。グインがケイロニアにいれば、たとえ中原にパロを征服したキタイ勢力が危機をもたらすことになったとしても、それはそれでグインがケイロニアを守り、対処してくれただろうとわしは信じることができる。だが――」

「御意……」

「グインは出かけ、そしてその長い不在にシルヴィアは耐えきれなかった。だからこそ、あいつはそのもともとの心弱さゆえに心狂い――といって言い過ぎならば心を病み、そしてこのような破廉恥なふるまいに出た。シルヴィア自身にとっては、あのおぞましいダンス教師のときも、このたびも、何ももしかすると、おのれがどのような許し難いことをしでかしているのか、という自覚がないのかもしれぬ。そのこと自体がケイロニア皇女たる身としてはあまりにも許されぬことだが、しかし、愚かなものが愚かだからといって、たまたまそれより愚かでなく生まれつくことを許された者がなじったり、そしることを許されようか。――最近、わしは、ダリウスだの、マライアだののことをよく考えることがあるのだよ。オクタヴィアと幸せに暮らしているにつけて、そのような―

―なんといったらいいのだろう、闇にすまう心をもつようになったものたちというか、心弱い者というか、そうしたものたちのことがなんとも哀れに思われてならぬのだ。もう、ほとんど、わしを暗殺しようとし、二人してわしを裏切った憎い弟と妻、というようなにくしみや怒りはわしにはない。ただ、ひたすら、哀れでならぬ。いったいどこでかれらはどう間違ってしまったのだろう。――ダリウスはわしの弟であり、つねにわしと比べられてきた。そして、そのことにひどく反抗していた。おそらくはわしの妻をぬすんだことも、その反抗の一端だったかもしれぬ。――なあ、ハゾス」

「はあ……」

「わしは、ケイロニアの獅子心皇帝だの、名君だの、英明だの、英雄だのとこれまでさんざんいわれ、そしてその通りにふるまわなくてはならぬ、そのせっかくの名誉な名を汚してはならぬと、懸命につとめてきたよ。わしとても心弱くなるときもあれば、心迷うときもあった。だが、ケイロニアの獅子には迷いも弱さもふさわしからぬと、そうしたものをすべて断ち切るようにつとめてきた。――そのようなわしの頑張りのかげで、たぶん、そのようにして闇にすまうようになってしまったものたちは、いわば、わしに切り捨てられたと感じたものたちだ。マライアしかり、ダリウスしかり、シルヴィアしかり。――マライアはわしがユリアを愛したことを、おのれへの最大の拒否と屈辱ととったであろう。そしてダリウスもまた、ことあるごとに兄と比べられることをとても苦痛に思っていたのだろう。——そして、シルヴィアは、いまでは、たぶん、タヴィアと比べられることでダリウスと同じ苦しみを味わい、わしがタヴィアのほうを深く愛しているということで、マライアと同じ苦しみを味わっているのだろう。だが、シルヴィアには、それをわしにぶつける力もことばもない。たぶんそれで、あいつは、そのような行動でわしに——たぶんグインにも、反抗しているのだ。わしにぶつけているのだと思うよ」

「しかし——それは……そのようにおおせあれば、わからなくもありませんが、しかしわかったからといって許せるようなものでは——あ、いや。これは、それがしの出過ぎた申し条でございますが」

「おぬしも、勝ち組なのだよ、ハゾス」

悲しそうにアキレウスは云った。

「よくわしは、ロベルトの優しさに和んでいたものだった。いや、いまでもむろんロベルトにはかけがえのないものをもらっていると思っている。だが、これまで、わしは、なぜロベルトがあのように心優しいのか、なぜ、他のものではわからぬことをすべてたなごころをさすように教えてくれることができるのか、めしいの身でありながら誰よりも何もかも見ているとしか思われぬ叡智を持っているのか、それを理解しておらなんだ。だが——正直いって、このダリウスやマライアのことについても、シルヴィアのことで衝撃をうけたとき、わしは、タヴィアにはこのような話は絶対にきかせたくなかったので、ロベルトに相談したり、心を打ち明けたり、愚痴をきいてもらったりしたのだよ。そのときに、ロベルトから、ダリウスやマライアのことを思いやることばをきいて、はじめて、そうか、生まれながらに強者であったり、勝ち組であったりするものには、弱者や負け組や、あるいは障害に悩まされるものの気持はわからぬこともあるのだなと思ったのだ。――おぬしもまた、誇りたかいランゴバルド侯家に生まれ育ち、何ひとつ蹉跌することもなく親御に愛されて育ち、みめもうるわしく背も高く、からだもすこやかに、文武の両道にひいで――名宰相としての声望もいや高く、口跡もさわやかに、しかも美しい夫人と素晴しいお子たちに恵まれて家庭の幸福にも包まれている。――何もかも恵まれている、ということそのものが、われわれの弱点、欠点であったのかもしれぬ――そのようなことを、わしはこのところロベルトと語り合ってばかりいたのだよ。シルヴィアのことをきいて以来」

「ウーム……」

なんと返答していいかわからず、ハゾスは黙ってしまった。

「おぬしを困らせるつもりではなかったのだがな」

アキレウスはごくりとはちみつ酒を飲みほして、またあらたに注ぎながら続けた。

「それよりも、わしは――おぬしにもそのように……いまそれどころではない多忙きわまりない、留守をしたためにいっそう多忙になったであろう宰相にこのような、いわばわしの家庭内のもめごとまでも持ち込むことをひどくすまなく思うよ。だが、まがりなりにもシルヴィアはケイロニア皇女にしてケイロニア王妃であり、ということは、公的な責任をももつ存在だということだ。これだけは、たとえわしがいかにロベルトにいわれて弱者について考えたり、それでシルヴィアの哀しみだの、苦しみだのについて想像ができるようになったといったところで、どうにもならぬ」

「……………」

「場合によっては、シルヴィアを処刑せねばならぬだろうか――わしは、そこまで考えた」

「へ、陛下」

「案ずるな、ハゾス。だが、なるべくなら――いや、むろんのこと、絶対にわしはそのようなことにだけはなりたくない。たとえどのような不面目なふしだらをしてしまった、いや、いまも現にしてしまっているとはいえ、あれはわしにはたった二人しかない娘のひとりだ。むろん、いとおしいし、かけがえがないとも思っている。だからこそ、あやつの幸せを思って三国一の婿を探してやったつもりだったのに――それで親の責任が事足りたと思ったことそのものが、間違いだったのかもしれぬが……」

「何しにさような……」

「わしも結局のところは、愚かな弱いただの一人の老いた父親にすぎぬということだよ。──わしには、とうてい、たとえいまの倍もの不名誉なふしだらをシルヴィアがしていたところで、娘を処刑する命令を下すことなど出来ぬ。わしはそれほど強くない。わしはその意味では、ただただ親の愛に溺れるただの平凡な老人だ。わしはたぶんもともと情にはことのほか、弱かったのだ。だからこそ──逆にだから、ユリアとの愛に溺れていても、それをきっぱりとした態度にして、マライアを離縁することも、マライアに、マライアを愛せないが、ないがしろにはせぬ、マライアはマライアとして幸せになる方法を探してくれれば、それには助力を惜しまぬかわりにわしがユリアと生きてゆくことを許してくれるようにということをはっきりと告げることもできなかったし、しかもユリアを守り通すことさえも出来なかった。わしはなんとも無力なばかものだった。──わしこそ、誰よりも弱かったのかもしれぬ。マライアの怒りや嫉妬や、苦しみをさえ、わしはどうしてやることも、それに対してどうすることもできなかったのだからな。──一万の敵とは単身戦えても、一介の婦女子の涙や嫉妬には打ち勝ちがたい。それがわしの愚かさだった──何を笑っている、ハゾス」

「失礼つかまつりました。たしか、以前にグイン陛下が、まったく同じようなおことばを──一万の敵兵のなかに単身切り込んでゆくほうが、シルヴィア姫に機嫌を直してもらうよりよほど楽だとおおせになったことがあったなと思い出しまして」

「奴はわしと似ている。同じ魂を持っているのだよ」

アキレウスの目もとがさも愛情深げにほころんだ。

「そこがまた、愛しくてならぬし、はじめからあいつと通じ合えると思ったところだった。あやつもまた、情にもろい、それが命取りになるかもしれぬほどにも、情にもろい。あれほどの偉丈夫でありながらな。そこが、可愛らしいではないか。あれだけの英雄が、たかがシルヴィアごときやせっぽちの小娘にふりまわされておろおろする、というのが。――だが、そこが気の毒をしてしまったと――もうちょっと、わしも焦っていなければ、せめて、その――シルヴィアではない娘をだな……」

「いや、陛下」

あわててハゾスは首をふった。

「そもそも、あのころそれがしは、グイン陛下から、シルヴィア姫への思慕について打ち明けられたこともございましたし――結局のところ、グイン陛下は、シルヴィア姫を愛しておられます。問題はそこではないでしょうか」

「おかしなものだな。あれだけ非の打ち所ない英雄が、なぜよりによってシルヴィアのような欠点だらけの、頭の病んだ、自分を制御することも出来ず、ちゃんとすることも出来ぬ女に惚れてくれたのだろう。――あまりに話がうますぎる、とわしは何度もほほをつねったくらいだ。……やはり、おのれがあまりにも完璧すぎる人間というものは、そうでないものをいとおしく思うようになる、ということなのだろうかな、ハゾス」

「かもしれませぬ。——しかし、それはさておき、グイン陛下がいま、どのような状況で、どのような状態で何時戻ってこられるかは、はなはだ明瞭でございませぬ。そうである以上——シルヴィア王妃さまのことは……」

「ああ」

アキレウスは大きく溜息をついた。

「確かにな。もしかして、やつが本当にシルヴィアを愛してくれているのなら、もしかして、グインが本当にまったく記憶を喪失したままの状態で戻ってきたとき、その記憶を取り戻すきっかけになりうるのは、まがりなりにも愛する妻であるシルヴィアただひとり、ということになるかもしれぬのだよ。そう考えれば、確かに、とうていここでシルヴィアを告発したり、投獄したり、幽閉したり——ましてや処刑したりすることは、わしの気持ひとつとはまた別に、とても出来るものではない。いったいどうしたらいいのだろうな、ハゾス。わしは疲れたよ。——わしは、本当に疲れはててしまった」

第二話　苦い再会

1

それはもう、疲れはてているのは、アキレウス陛下だけではないというものだ、と、退出したあと、ひそかにランゴバルド侯ハゾスは考えたのであった。

黒曜宮のなかはいたるところ、ノスフェラス遠征軍の準備でわきかえるような騒ぎになっている。あちこちの扉があいては、さも忙しげな騎士たちや小姓たち、近習たち、下男たちがおのれのものやあるじの荷物などをかかえて廊下をかけてゆく。このたびの遠征はそれほどの大人数というわけではないが、はるか遠いところまでゆかなくてはならない、時間のかかる遠征になるだろうだけに、準備にはかなり手間がかかりそうだ。

(遠征軍が出発するのは……十日くらいあとになるのかな)

それとも、そんなにはかからず、五、六日のうちにまず先発部隊が出発し、それから国境あたりで合流することを目指して、補給部隊があとを追うことになるだろうか。そのほうが、能率はいい。

（なんだか、宮殿じゅうがごった返しているようだ）

ハゾスは思った。

騎士宮に次から次へと兵糧や武器、武具や、馬の食糧、持ってゆかねばならぬ日用品や衣類のかえなどが運びこまれ、積み上げられる。それにともなって、黒曜宮のなかでは、さかんに会議が行われ、遠征のルートについて、あるいは予算について、あるいは編成について、ひっきりなしに誰かが打ち合わせをしたり、激論をたたかわせたりしている。

そればかりではなく、廊下のすみでも、あちこちの小部屋でも、いたるところで何人かひとが寄っている、と見さえすれば、必ず、それは、この遠征や、それにまつわる、グイン王の運命についてあれやこれやと話しこんでいるものたちであった。ほかの話題はまるで黒曜宮全体からとりあえず消えてしまったかのようだ。

もっとも、そうであるあいだはまだしもハゾスも安心だった。これが、そこにシルヴィアの話が入ってくるということになると、ちょっと問題が深刻になる。

（まあ……陛下がすでにご存知であられて、ある意味では助かったようなものだがな……）

「ともかく、わしはいずれにせよシルヴィアを処刑したり、告発したりするつもりはないのだが……」

別れぎわに、アキレウスがもらした、苦渋にみちたことばが、ハゾスの耳にこびりついていた。

「しかし、一番よくない展開になれば、そうせざるを得なくなるときもあるかもしれぬ。それに、とにかく、何としてでも、この乱れた行動はやめてもらわぬわけにはゆかぬ。たとえ、グイン自身が寛大に対処してくれたところで、ケイロニア国母となるかもしれぬ女性、いや、ケイロニア女帝となる可能性さえある女性……もうそれはたぶんほとんどあるまいが、それがこうして、何もかもをぶちこわすような行動をとり続けているのを放置しておくわけにはゆかぬでな。——といって、わしがそれを知っている、といってシルヴィアをさとしたりしようものなら、どうもあれはいっそういこじに、かたくなになってしまうだけではないか、という気がしてならぬ」

「それは……そうかもしれませんなあ……」

「また、おぬしからなんとかしてもらうというわけにもゆかぬ。それこそ筋違いというものだしな。こういうときに一番いいのは本当は母親が出てきて何かいってくれることなのだろうが……そのようなことをいまいっていたところで、時間の無駄というものだし……また、シルヴィアが、母とか姉がわりに尊敬し、その女性《にょしょう》のいうことならきくような年長の女性、というものも、わしにも、また女官長にも心当たりがなかった。そのようにして、年長の女性に教え導いてもらう、という経験がなかったこともシルヴィアにとっては不幸だったのだろう」

「はあ……」

「オクタヴィアはもっともまずい。どうやら、シルヴィアにとっては、タヴィアが宮廷に入ったのが、非常に刺激になったというか、何でも出来る上に、あのようにきれいな、しかもすでに母親でもある、ということで、シルヴィアは、オクタヴィアには、姉としての親しみや愛情をもつどころか、きわめて激しい感情をしか持っておらぬようだからな。困ったことだ——というか、嘆かわしいことだ」

「はあ……まことに……」

「タヴィアに知られるくらいなら、出奔する、などと云いかねないかもさえ知れぬ。ともかく、わしもちょっと考えてみるが、誰からどう、働きかけてもらえばいいのか……あれが、素直にいうことをきくのは一体誰だろう。というか、あれは一体誰にになら心を開くのだろう。そのように考えると、確かに本当にわしもあれにすまぬことをしていたのだな、と思うよ。——可愛がっているようなことをいいながら、実際には放りっぱなしだったのに違いない。だからこそ、シルヴィアが、この宮廷じゅうから捨てられたように感じてしまうことにもなったのだろうからな」

「さようでございますなあ……」

「ちょっと思ったのだが、あやつ、確か以前はディモスのことを憎からず思っておったよな」

「あ、いや、しばらく。その件は」

あわててハゾスは手をふった。

「駄目かな。――ああいう若い女というものは、憎からず思っている男のいうことだと、案外素直にきくものかと思ったのだが――」

「いやいやいや、それはもう、ディモスが、その……こう申しては何でございますが、いちど皇女殿下をこっぴどく振った、ということもございましたし……ディモスそのものも、たいへんその、朴念仁でございますから、女心など、てんとわからない、というのを苦にしておりますし――この宮廷で、ディモスよりも適任でない人間というのは、想像もできないくらいでございまして……」

「そうか」

アキレウスは苦笑した。

「そういうことなら、しかたがないな。――だが、わしから云うのではないほうがいい、おぬしに頼むのは筋違い、ディモスも違うとなると……」

「わたくし存じまするに、そのようなことというのはやはり、男性よりは、同性のほうがよろしいのではございませんでしょうか？　その、女官長というのはいかがなのでございましょうか？」

「ウーム……身分的にもそれは、確かに、そうしてシルヴィアをいさめたりたしなめたりする立場にいるのも本当なのだが――困るのは、その女官長が、まあ名をいえばおぬしも納得がゆくだろうが、たいへん口やかましい人物でな」

「ということは、おそらく、コーディリアどのか、もっと年が上ならサーティアどのか、どちらかでございますな。……当たりのようで。なるほど、これは口やかましいかもしれませぬな」

「どちらも独身の老嬢で、男女の機微だのということについてはディモスよりもっと心得ぬだろうし、その上、容赦がない。シルヴィアにしてみれば、あれらこそ、唾棄すべき、自分を疎外したケイロン宮廷そのものの代表者のような、つまりは最大の敵に思われるであろうよ。それを考えると、だな……」

「さようでございますねえ……まあ、それがしも、もうちょっと考えてみますが……」

そうは云ったものの、考えたところでどうなるものでもないのだろう、とは、ひそかにハゾスは考えていた。

（第一、あのシルヴィアさまが、そんな、一、二回説教を垂れられたくらいで、ただちに素行があらたまるものなら――とっくにあらたまっているだろうさ。ああ、いやだ、いやだ――こういうことは、本当は私には一番向かないんだ。婦女子のふしだらなど、かかわりたくもなければ、話をききたくさえない。本当は、私ならそれこそもう――私の娘だったら、とっととランゴバルドで一番遠い城へでも預けるか――わざわざ別荘を建ててもいい。そこに送り込んで信頼できる部下と乳母にでも預けて、それぎりなのだが……)

(そういうことをいうから、私は女房にあなたは冷たいだのと云われてしまうのかな……)

ハゾスは、いささか憂鬱なおももちで、遠征の出発準備でにぎわう黒曜宮の廊下を歩いていった。なかなかに、せっかくもっともくつろげるはずのおのれの持ち場に戻ってきても、ハゾスが気持がやすらぐゆとりというのはやってこないようであった。

そのまま、あわただしいままに数日が過ぎた。そして、ハゾスもまた、それにともなうさまざまな打ち合わせや会議や処理のためにきわめて多忙な日々を過ごしていた。

「パロより、宰相ヴァレリウスどののご一行がサイロン市周辺まで到着されました」

という報告が、黒曜宮にもたらされたのは、そのあわただしいさなかであった。

「来たか」

ハゾスはかなり緊張して、早速ヴァレリウスを迎えるべく、みずから先頭にたって騎乗し、黒曜宮を出た。いろいろな方面で、黒曜宮のなかでの緊張感が高まっているおりでもあったので、ちょっと息抜きもしたかったのである。

だが、不幸にして、というべきか、そのハゾスにとっては、とうてい息抜きとはいえないような事態が待っている、ということになった。

「おお、ヴァレリウスどの」

サイロン市内の、かなりとっぱなに近いあたりに、このような、外国の重要使節が到着したとき、黒曜宮に直接入るのをはばかってまずいったん足をとどめ、からだをやすめるための瀟洒で小さいが設備はひととおり調った小宮殿がもうけられている。それは、「風待宮」と名付けられている。

ハゾスは、使者を出して、そちらにヴァレリウスを先導するよう案内させてあったので、ごく少数の護衛だけを率いて、まっすぐに黒曜宮を出て、風ヶ丘を駈け下り、ものの三分の一ザンとはかからずに風待宮へ到着した。風待宮の前にはすでに、宮を預かっている執事長のノビスが出て待っていて、ハゾスをみるとなんだか心配そうな顔をした。

「宰相閣下、思ったよりお早くおいで下さって、よろしゅうございました。少々心配になりまして……」

「心配とはなぜまた？」

「いえ、その――ちゃんと正式の触れもございましたし、間違いはないとは思うのでございますが――あれが、本当に、そのう、パロというような格式高い国の宰相閣下とその――公式の使節団なのでございますか――？　なんだかその、わたくしの目には……ただの、旅の魔道師の一団のようにしか思われないのでございますが……」

「なんだ、そのことか」

　ハゾスはすっかり腑に落ちたので、笑いながらノビスの肩を叩いた。

「それは、驚くにはあたらぬよ。まったくただの魔道師に見えるようなら、それがパロ宰相ヴァレリウス卿であると考えて間違いはない。卿はもともと魔道師だし、魔道師部隊をひきいてこのたびの遠征に同行してくださるために、ここにこられたのだからな」

「そういうことでしたら、あれなのですが――しかしどうも……」

　まだ、なんとなくノビスのほうは腑に落ちないような顔である。

　だが、いそいでハゾスが入っていってみると、そこに待っていたのはパロの魔道師宰相ヴァレリウスにまぎれもなかった。

「ご一別以来でございます。思いのほか、いろいろと出立が遅れ、手間取りまして」

　挨拶もいたって尋常であったが、そのいつも冷静な、めったに感情をあらわさぬおもてに、奇妙なかげりのようなものがあるのを、目ざといハゾスは見逃さなかった。

「どうされました。なにやら、お顔色が」

「はあ……」

　ヴァレリウスは、ちょっと困惑したように顔をあげた。

「その——早速にこのようなお話を持ち出すのがまことになんとも——何と申しましょうか、不本意なのでございますが——お人払いをお願いできましょうか?」

「おお、もちろん」

どちらにせよ、ハゾスは数人の小姓をそこにともなっていただけであった。

ただちに小姓たちを遠ざけると、ハゾスはあらためてヴァレリウスを促した。

「どうされました。何か、具合の悪いことでも? おお、もしかして、パロでなにか——」

「と申しましょうか……その、今回のノスフェラス遠征についてなのですが……」

「ええ」

「実は、ですね。ハゾス侯がシュクを出発されてから、ただちにわたくし、クリスタルに戻りまして、任務の引継と——そして、リンダ陛下も戻られていろいろとこののちの体制づくりにかかられていたのですが、そこに、その、くだんの人物が——先日さんざんにお話を申し上げた、両国にとっての微妙な位置にある人物が、ですね……」

「グラチウスどののこと、ではなくて——その、某伯爵にして某王子殿下であられるかたのことですね?」

「それです。その……実は、話をリンダ陛下からきくなり、ぼくも同行する、と申されまして……」

「は──はあ？」

ハゾスはぽかんと口をあいた。

「何ですと？」

「つまりですね──グイン陛下については、自分も、キタイから救出されて、ひとかたならぬ恩義をこうむっている。その上に、グイン陛下とは、自分は非常に深いところでつながっている。そのような、記憶喪失というような難儀がグイン陛下にあるとなると、それを捨てておけぬ、というような──というか、『ぼくがゆけばきっとグインはすべてを思い出してくれる。非常にたくさんの冒険をともにしたんだから』とおおせになりまして……正直いうと、たぶん──殿下は、いまのその、ケイロニアにも戻るに戻れず、パロにもだんだん居づらくなってきて、というような状態に非常に気詰まりでおありになった、ということではないかと、わたくし思ったのですが……」

「何ですと」

もう一度、用心深くハゾスはいった。

「ということは、まさか」

「あのかたはとにかくご存知のとおり、言い出したらきかぬおかたでございますので──というか、正直いいまして、リンダ陛下もわたくしも、まあその、あのかたには、もう、『したいようにさせておくほかはないのではないか』というような判断になりかけておりまして……」

「ということは、まさか」

もう一度ハゾスは云った。ヴァレリウスは具合わるそうにうなづいた。

「この一行に、実は同行しておられます。とりあえず、あまりに目立つなりをされては困りますので、魔道師のマントで変装というほどでもございませんが、他のものたちと違和感のないようにしていただいておりますが——ただ、注意深く見ていれば、ひとりだけ、本来の魔道師とはまったく違う動きをするものがいる、ということはただちにわかってしまうとは思いますが、ちょっと見にはまったくわかりません。——ご当人は、ある意味では、それをケイロニア宮廷との仲直りと、こののちの自分のいかたについての最終的な話し合いの機会にもしたいと思われているようで——つまりその、もう、ケイロニア宮廷には絶対に自分はふさわしくないし、ケイロニア宮廷もそう思ってもう御自分を受け入れるつもりはないだろう。それで、ササイドン伯爵のお名前は返上し、一介の吟遊詩人マリウスに戻らせていただくので、つまりは——自由になりたいのだ、ということを……このさい、話し合いたい、ということで……」

「お待ち下さい。ということは、オクタヴィア殿下と離婚なさる、ということですか？ケイロニア皇帝家では、皇族の離婚はためしがなく——」

「御当人は、離婚するかしないかではない、たとえ離婚したって自分がマリニアの父であるということにはかわりはないのだから、とおっしゃっておられます」

ヴァレリウスは、重大な遠征の直前にあたって、このようなややこしい話になったことが、ひどくすまなさそうであった。

「ただ、結局のところ、我々の懸念が、マリウスさまがケイロニア宮廷とパロ王室双方に非常にかなめとなる人物になってしまうのではないか、そうすれば、万一マリウスさまが野望をもつものに攫われ、人質にされて何かどちらかの国家に不利な要求をつきつけられたり、あるいは——殿下のおことばどおりに申せば『あなたたちはぼくがそのうちに悪党の本性をむき出して、その立場を悪用して何か法外な要求をつきつけてきたり、キタイの竜王みたいにケイロニアやパロを侵略しようとしはじめるんじゃないかとか、ばかなことを考えているんだろう？　だったら、その心配はぼくのほうからきっぱりととりのぞいてあげようじゃないかと思ったんだ。ぼくが、ケイロニアの伯爵だの皇帝家の婿でもなく、そして、パロの王位継承権者でもなくなれば、そんな心配はあなたがたのどちらもしなくてすむよ。ぼくはパロの王位継承権を放棄する。そして、ササイドン伯爵も返上し、ただのマリウス、吟遊詩人のマリウスとしてグインを救出する旅に出るよ。一緒に連れてゆくのがイヤだ、とか、困るというんだったら、ぼくが勝手にその一行のあとを歌いながらついてゆくってことでいいじゃないの？』と云われるのですが……」

「なんと」

ハゾスは茫然としていった。それから、また、なんといっていいか、よくわからなかったので、ほとんどおずおずと、もう一度、

「なんと」

とつぶやいた。

「――と、いうわけなのですが――それで、出立前に、ああでもないこうでもないと、少々――もめておりましたもので、思ったよりもだいぶんこちらへの出発が遅れ……この上遅延しては、ケイロニアのかたがたの気も揉めるであろうし、申し訳もない、ということで、また、私どもだけではなんともそのマリウスさまのお申し出を判断しかねる、ということもありまして、いっそのことということで、ご同行願うことになったのですが……」

「ということは、マリウスさまは、いま、この一行のなかに御一緒にいられるわけですね？」

ハゾスは疑わしげに確かめた。

「勝手にどこかにいってしまった、というわけではなく、この一行のなかに？」

「一応、ここまでは、ごく順調に、妥当に御一緒についてこられました。何も旅の道中にはもめごとも具合のわるいことも、またまずいことも起きませんでしたし、ごく尋常

にふるまっておられ、何の過大な要求もなさいませんでしたし、面倒ごともひきおこされませんでしたよ。それは確かです。そういう意味では、あのかたは、決して面倒な連れでもないし、いやな人間でもないし、厄介なかたでもありません。それだけは保証せざるを得ませんね。——それどころか、いやしくも王族の身であれだけ旅慣れていて、朗らかで、忍耐強い、楽しい道連れはそういないだろう、と殿下づきに割りあててずっと同室した魔道師さえもがいうくらいでしたけれどもね。しかし問題はそういうことではありませんから……」

「まったくです」

ハゾスは難しい顔をした。

「それはしかし、いったい、どうしたものだろう。殿下は、それではあくまでも、ノスフェラス遠征軍に参加したい、という御希望で戻ってこられたのですね？　決して、このののち黒曜宮におさまり、アキレウス陛下の御命令にしたがい、おとなしくケイロニア皇帝家の一員として、オクタヴィア姫の夫として、マリニア姫の父君として、星稜宮で暮らす、というおつもりではなく？」

「出来ることならば自分がここにきたということは、黒曜宮には知らせないでほしい、だがそうもゆかないだろうから、ともかく自分はいま、グインを救出する、ということを目的としてきたのであって、妻子とは会うつもりがないのだ、ということは知ってほしい、と云っておいでです」

「それがどうもわからない。どうして、あれほど可愛いマリニア姫と、あれほど貞節でよくできた奥方をそんなふうにないがしろにして――」

「御当人のつもりでは、ないがしろにしている気はいっこうにないのですね。それどころか、ちょっとだけ顔をみて、またすぐいってしまうというのはなかなか残酷な仕打ちでもあるし、自分自身にとってもとても辛いことであるので、それで、とても会いたい気持を押し殺して、あえて会わないまま出発してゆきたいのだ、とおおせになっておられるのですが」

「勝手な理屈だな！」

　思わずハゾスは鬱憤をぶちまけた。

「それは、盗んだ金で神殿を建てる《ぬすっとにも三分の理》というものではありませんかね！　でもまあ、それは、いっても仕方がない。たぶんマリウスさまの頭のなかでは、まったくそれは正当な、筋のとおった話に思われているのでしょうから。しかし私としては、ケイロニアの宰相として、この重大な展開についてアキレウス陛下にお話しないわけには参りませんし、そうなったときには陛下とても、捨て置くわけにもゆかないとおぼしめされましょう。そのさいには、マリウスさまは、アキレウス陛下とご対面になって話し合いを持たれるというお気持はおありなのでしょうな？　まさか、老いたケイロニアの獅子をこの風待宮まで呼び寄せよう、などというような横柄なお心ではおありにならんでしょうな？」

「それについては何とも――話し合ったこともありませんし、またケイロニア内部のことには、何によらず、われわれパロ側のもの、ましてや魔道師団は極力立ち入るまいという申し合わせでおりましたので……それについてマリウスさまがどのようなお考えをおもちかは、ぜひとも、ハゾス侯がじきじきに御当人にお確かめ頂きたいと」

「はあ、まあ――そうせざるを得ないということなんでしょうが……それにしてもなあ……」

ハゾスは思わず深い溜息をついた。

「これはまったくの愚痴になってしまいますが……べつだん、それは――たぶんマリウスさまにしてみれば、それなりの理屈がおありなんだろうし、それはわかりますよ。それに、その行動についても、もしかしたら、筋が通っている、それなりに彼として非常に首尾一貫した行動なんだと思うものもいないでもないのかもしれない。だが、我々には――まあ、我々、といってしまっては何ですから、私には、と言い直しておきましょうかねえ。でもケイロニア宮廷のおもだった重臣たちほとんどが、私と同じような心理でいられるのではないかと勝手に推察してしまうのですが、我々――ないし私の目からみると、どうしても、思いつきというか、気まぐれというか――彼の行動というのが、どうしても、責任ある大人の一貫性のあるおこない、ふるまい、というように思われないのですよ。そのつどそのつどはちゃんと御当人にとってはつじつまはあっているんでしょうが、どうも私の目からみると、そのときどきの思いつきだの、自分の心のおもむくままにふるまっているようにしか、思われない。——それが芸術家というものなのかもしれないし、それがパロ気質というものなのかもしれないし、それがパロ王家の通常と変わっているところというべきなのかと当初は思っておりましたが、このごろ私は、パロのかたたちやパロ王家のかたたちというのが、そういう人たちではない、ということを知ってしまったものですから、よけいに、ねえ。——何にせよ、厄介なことになったものです。だが陛下にご報告しないわけにも参りますまい。いや、厄介なことになったものだ」

その、(なんとも厄介なことになったものだ)というハゾスの慨嘆については、ヴァレリウスのほうこそ、まったく異存がなかったばかりか、しみじみと同感だったに違いない。

だが、ともかくもこの国に入ってきてしまった以上は、もはや、マリウスの問題は、ケイロニア宮廷との問題、ケイロニア皇帝家との問題に引き渡してしまうことができるので、むしろヴァレリウスはいささかほっとしたようすであった。

2

ハゾスは一方、にわかに、せっかく勢いこんでいよいよヴァレリウスと魔道師団を迎えてノスフェラス遠征軍が出発、というはこびになるやさきに、冷水をあびせかけられ、思わぬ重荷を放り込まれたような気分で、足取り重く黒曜宮に戻ってきたのだった。相変わらず、出掛けたときと同様黒曜宮は、出発準備にわきかえる騒ぎであったが、そろそろそれも落ち着きはじめていた。長い渡り廊下を主宮殿へむかって急ぎ足に歩いてゆくあいだにも、何人もの遠征軍に参加する騎士たちがハゾスに会釈して通り過ぎたが、なかには「もう、すっかり準備完了であります！」「いつなりと出陣出来ますので、ご安心下さい」と声をかけてゆくものも多かった。それへハゾスは如才ない笑顔で挨拶を返したけれども、内心では、ようやくシルヴィアの件でアキレウス大帝と忌憚ない話し合いが出来たところだったのに、またしてもこんどは、あらたな難問を持って大帝のところにおもむかねばならぬ、ということで、足取りも重くなりがちであった。

とはいえ、こちらのほうが、実際には、マリウスがあとからケイロニア皇帝家に参加したよそものであった分、いっそハゾスとしては気が楽であったのもいなめない。ハゾスはあれこれと考えながら、ともかくこれは急がなくてはならぬと考えたので、食事をとるひまもなく、さっそくにアキレウスの居間のほうへまた伺候したい、という伝令をさしむけさせた。

（じっさい、こうばたばたとしていては、落ち着いて仕事どころではありやせんぞ）

内心不平をもらしながら、出ていってそれほど時間もたっておらぬアキレウスの居間にまた戻ってゆく。アキレウス大帝のほうは、いつなりとハゾスの要請にはこたえる体勢であったから、ただちにハゾスは迎え入れられた。

「どうした。また何かあったのか」

アキレウスは察しがいい。

「はあ、どうも、なかなか面倒なことになりまして」

「パロの魔道師宰相とその部下たちは到着したのだろう？」

「はい、それは無事到着いたしましたし、また、そちらについては何の問題もないのでございますが——ただ、その魔道師団に、やっかいなものがくっついてまいりまして——と申しますか、このところの当方の頭痛の種が、付着して参ったようでございまして」

苦笑まじりに、ハゾスは、マリウスがグインの救出に加わりたい、といってついてきたそうだ、という話と、それにヴァレリウスからきいた、マリウスの意向とについて伝えた。アキレウスは、瞬間、激昂するか、とハゾスが心配したのだが、そのようなこともなく、これまたかなり苦笑まじりに話をきいていた。はじめのうちはマリウスの失踪について、愛娘のためにかなり腹を立てていたアキレウスでもあったが、いまとなっては、むしろもう、オクタヴィアも落ち着いていることだし、あれがいないほうがかえってよいではないか、というような気分にもなってしまっているようだった。

「なかなか、わけのわからんことを考える婿どのだな」

アキレウスは肩をすくめただけで、腹をたてるだけの価値もない、と思っているようすであった。

「しかし、ハゾス、考えようによっては、これはちょうどいい機会かもしれんぞ。——というか、わしは、オクタヴィアがまだ多少なりともあれに未練を残しておらぬわけではない、ということはわかっているが、このところ、タヴィアと話し合ってみて、めっきり、娘が、気持が夫から離れているのを感じるのだよ」

「それは、そうでございましょうとも」

ハゾスは多少私憤をこめて云った。

「そうでなければあまりにも聖女のように忍耐強くあられすぎますよ、オクタヴィア殿下は。とにかく、彼は夫としての責任も、父としての責任も放棄しているわけですから。それにしても、ケイロニア皇帝家では離婚を許されておらず、そのような前例はほとんどない、というのが――」

「そのことだがな、ハゾス」

アキレウスは考えこみながら云った。

「わしは思ったのだが――むろんこれはタヴィアとはからねばならぬが……べつだんそうして、婚姻のきずなをしいて法律的に切ったりつないだりするだけが、夫婦というものの本体ではない。やはりそこにはもっとも大きいのは精神的なものであったり、まあ簡単にいえば、まだ当人同士が夫婦と考えているかどうか、というだけのことではないかと思うのだな。――だから、もしも、たとえ法律的にはケイロニア皇帝家の一族の離婚は許されておらぬとしても、まあ、これだけ実質上の、夫婦関係、親子関係の遺棄というものがあったということでだな――もう、それで事実上、婚姻関係は成立していない、と考えてもよいのではないかとわしは思うのだが……法律的にどうあれ、だな……」

「むろん婚姻法については特例、ということで、多少手を入れることも可能でしょうし――」

ハゾスはたたみこむように云った。

「私はここにくるまでのあいだ、ずっと考えていたのでございますが、最大の問題となるのはなんといっても、マリウス殿下が、この婚姻によって、ケイロニアの皇位継承権者の父君である、という立場と、そして本来のパロの王位継承権者である立場を兼ねてしまわれることだと思うのですね。ですから、せっかく殿下がそのように申し出ておられる、というのをしおに、このさい明確に、マリウス殿下の、ケイロニア皇族としての権利の放棄と、そしてケイロニアの支配者の座をもしもマリニア姫なり、オクタヴィア姫なりが継がれることになったとしても、それに対する干渉、といいますか、父としての権利の主張の放棄、というようなことを明文化し、それに署名していただく、というようなことさえしていただければ――べつだん、オクタヴィアさまのほうは、いますぐ何があっても離婚して他の男性と結婚したい、などと思っておられるわけでもありますまいし、なんといってもマリニア姫にとってはただひとりの父君であられるわけですから――」

「つまり、父君であり、良人ではあられるままで、ただ政治的な向きの権限を一切放棄される、ということになりますと、ずいぶんと問題がすっきりと致すのではございませんでしょうか？」

「ウム……」

「我々、まつりごとを陛下よりお預かりする者といたしましても、もし、こののち、マリウスさまから、ややこしい干渉であるとか、権利の主張、あるいは横車が入る、という可能性がなくなりますれば、べつだん、マリウスさまがどのように行動なさろうと、それはもう、いわば家庭の内部の個人的な問題にすぎなくなりますから——といっても、そうなれば、今度は、オクタヴィアさまの父君として、陛下御自身のお気持ちがおさまらぬかもしれぬ、とは拝察いたしますが……」

「そうでもないよ、ハゾス、そうでもない」

アキレウスは嘆息した。

「確かに、わしはあやつに相当腹をたてておったがな。しかし、考えてみれば、グインがこうして失踪していて——一応居場所らしきものは明らかになったとはいうものの——それでまあ、シルヴィアについてはあのような問題がおきてきてしまった。なんで、わしの娘はまったく事情は違うとはいえ、二人ながらこうも夫運が悪いのだろうと苦にやんでいたが、もとよりグインの失踪は中原の平和と大義のためというおおいなる正義のあってのことだし——そして、マリウスのほうは、おそらく、せんだっておぬしと話したときのとおり、そもそもマリウスを強引にこのケイロニア宮廷につれてきて、籠の鳥にした、ということそのものに、根本的な間違いがあったのかもしれぬ。いま、おぬしが、家庭の内部の個人的な問題、というのをきいて、ちょっとはっとしたよ。そういえば、わしは、オクタヴィアの本当の気持、というのをしんしゃくしてやらずに、こちらで勝手にあれこれと、いわばタヴィアになりかわって怒ってしまっていたな、とだな。——それはだが、父親であるとはいいながら、余分なことであったかもしれんよ。遠くはなれていたり、何回も失踪したり、一緒に暮らせないからといって夫婦の情が失われるものではない、ということは、わしはよく知っているはずだったよ。わし自身が、最愛のユリアと実際にともに暮らせたのは、ほんの短い期間のことだったからな。むろんこれはいろいろな不幸な事情があったとは云い条、本来、愛し愛されて夫婦となり、恋人となっても、いつも一緒にいて、末永く平和に暮らせるものばかりではない。いやむしろ、そういうもののほうがはるかに少ないはずだ。それを思うと、離れていてもまだ夫婦は夫婦だ、とタヴィアが思うのならば、それはタヴィアが選んだ夫婦のありようであろうし、それは邪魔してはならぬ、たとえ父親としても、と思うのだな。——だが、国家としてはそうもゆかぬ」

「はあ……」

「確かに、おぬしのいうとおり、ハゾス、ここでマリウスが、皇位継承権にかかわる干渉の権利や、口をはさむ権利といったものをすべて放棄してくれる、ということが明文化されておれば、おそらく、こののちもめごとが起きるということはあるまい。マリウスはあれはあれで、確かに恬淡ともしていれば、野望も持っておらぬ、その意味ではわしはマリウスを信頼している。いい若者だ、とも思ったよ。そう、ことに、最初にグインに引き合わされたときにだな。——だから、タヴィアの夫として、マリニアの父としてのマリウスだけが残り、それが好き勝手に行動していたとしても、その婚姻のきずなは、破りたければ、タヴィアなりマリウスなりが勝手に破棄すればいいのではないか。そして、ケイロニア皇帝の家族としての責任は、タヴィアが果たしてくれ、マリウスはそれから完全に切り離されたいというのであれば、それでよい。そういう結論にわしも達したのだが、どうだろうな、ハゾス」

二人の主従は、話しているあいだに、だんだん明るい表情になっていった。それは、話しながら、しだいに（それが一番いい、それしかない）と思われていったのだが、口に出してみるほどに、それが唯一のたいへんに八方まるくおさまる決着のしかたではないか、と考えられてきたのである。それは、いろいろとかれらが頭をかかえていた部分を、すべてめでたく解決してくれるように主従には思われたのだった。

「で、ございますなあ……」

「結局のところ、わしらのほうも、ケイロニア皇帝家、サイロン宮廷のやりかた、というものをふりかざしすぎていたのかもしれんな。だからこそ、マリウスが、それに対しては、ああしてパロに出奔する、というかたちでしか、自分を主張できなかったのかもしれん。——いや、むろん、それについては、わしには理解できぬやり方でもあるし、賛成もできぬし、わしは決して同じようにはせぬだろうとも思うよ。だが、今回、グインを助けるといって戻ってきたことで、わしは、もしかしてマリウスという男は、本当に、宮廷にいるのがイヤでたまらなかっただけで、タヴィアを愛していることも、マリニアを愛していることも、そちらとの関係は続けたいと思っていることも——また、グインに対しても、義兄であるというようなことだけではなく、愛情を持って行動しようとしているのだろうか、そうかもしれぬ、と思われてきたのだな」

「はあ、まあ——しかし、何にせよ、ひとさわがせなことで」

「それは確かにその通りだがな、ハゾス。しかしまあ、そういう男を好きになったのはタヴィアだ。あいつには、あいつなりの、マリウスに惚れた理由があるわけなのだろう。いまはもういささかも惚れていないにせよ、だからといって、たとえば、新法でも成立させせて、あれを離婚させて、マリウスと完全に切り離してやったところで、わしには——何がタヴィアの幸せなのか、わからんのだよ。——ずっと、わしの面倒を見、マリニアを可愛がって星稜宮で平和に暮らしていたところで、あれとてもまだ若い。ずっと、母として、娘としてだけ生きてゆく、というのが幸せなのかどうか——やはり、女の幸せというのは、どうあれ頼もしい、優しい強い男とともに、そのかたわらにあってこそ遂げられるものなのではないか、という、そのような気がしてならぬでな。——わしはいずれさらに老いて、どうあれ先に死なねばならぬ。そしてまた、マリニアはすくすく育ってゆけばおのれの人生を見出して、またこれもこれで幸せに添い遂げてほしいものだとわしは思っているが——だが、そうなった場合、わしの面倒をみ、わしをみとり、マリニアを育て上げるだけを生き甲斐にしてしまったら、それがすんでしまったあとに、オクタヴィアには何が残る？　まったく、あたらあれだけの美しく聡明で心きいた女でありながら、女盛りを老父と幼い娘のために仕えて終わってしまった、ということになるのではないか？　それは、あまりにもしのびない、とわしとしては思うのでな。——離婚して、誰か思う男がいて、それとくっついて幸せになってくれるのだったら、いますぐにでも——いまはまだ思う男とはいえないまでも、結婚して幸せになれる、ということだったらそれはもう、わしは何があろうとタヴィアのためにそうしてやりたい。そのためには、それこそ、マリウスが邪魔ならば取り除くくらいのことはあえてしかねぬほどにもわしも親馬鹿かもしれぬが、しかし、そうでないとすると、いちがいに、オクタヴィアがそうわしに訴えているわけでもないものを、こちらから勝手に手だしをして、マリウスと無理矢理別れさせたり——そのままわしの面倒をみて星稜宮にいよ、一生生活に不自由はさせぬ、などというて見得を切るようなことはな……父親などというのは、なかなかに、なんというか——大したものではない、ものじゃな、ハゾス、ことに、子供の一生にとってはな」

「何をおおせられますやら……」

「むしろ、親など、ないほうが、子の足枷にならずとよいのかもしれぬ、とさえ、思わないでもない。が——わしのほうは、タヴィアのおかげで、思いもよらぬ幸せな晩年を送ることを得ているだけに……あれにとって、とにかく一番良いようにしてやりたいでな。わしも、星稜宮に戻って、あれと相談してみることにするが——こういうことはとにかく、率直に、はっきりと口に出して話すにかぎると思うでな。あれやこれや、かげで思いをめぐらしたり、なんだかんだと画策するのが一番よろしくないという気がする。とにかくまずはオクタヴィアの気持にまかせたいと思うし——ただ」

「はい、陛下」

「マリウスは、このサイロンにきて、わしにも顔をあわすこともせずにノスフェラスへいってしまおうと考えているようだが、それは許すわけにはゆかぬ。そんなふうにして、逃げ隠れするような婿なら、それはさすがにわしとても、見逃したくない。そこまで卑怯未練とも思わぬが、ただ、たぶん考え違いをしているのだろう。というか、まだ、そうと決まったわけでもないが――ともかく、至急にマリウスとは会って腹蔵なく話したいと思うし、それに、オクタヴィアとてもそうしたいと思うぞ。まあ、三人一緒では、それぞれに云いたいことも云えないようになってしまうおそれもないではないので、それについてはもうちょっと方法を考えてみる必要があるとは思うし、それについては面倒でもおぬしにはかってもらうほかないがな。もしもいまいる風待宮まで来いということならば、わしはさすがに無理――というか体面というものもあるが、オクタヴィアのほうはむろんかけつけることも出来るだろう。その後、話し合いがつけば、二人で黒曜宮にきてもらってもよい。むろん、マリウスを、強引に力づくで黒曜宮にとどめおくようなことはせぬ、それについては信じてもらってよい。むしろわしとしては、もう黒曜宮にはあらわれぬほうがいいのではないかと思っていたくらいだからな。――それも身もフタもない話だが」

アキレウスは苦笑した。

「ともかく、それに、もしもマリウスがそうして、いろいろな権利から公式に手をひくことで、自由に行動する権利と、オクタヴィアの夫、マリニアの父であるままの権利とをどちらも手にいれたいと望むのであれば、それについても、遠征軍が出発する前に取り決めねばならぬ。また、そのさいには、マリウスがもし、このたびのノスフェラス遠征で危険な目にあおうとも、また他のときに、マリウスを利用してケイロニアを動かそうとする悪党の手におちるようなことがあったとしても、一切、ケイロニアの助力、援助を期待してもらっては困る、ということも明確にせねばならぬ。——それこそマリウスを利用するものの思い通りに動かされては、ケイロニアとしてはたまったものではないのだからな。もしもマリウスが人質になったようなことがあっても、ケイロニアは必ずそれを見捨て、容赦なく行動する、一切マリウスの生命を救うための動きはせぬ、ということをも、皇位継承権にまつわる権利一切の放棄と同様に、認める旨を一札入れておいてもらわねばならぬ」

「それはまことにごもっともであると存じます。よろしゅうございます、ただちにわたくし、その旨をいちいち文章にして、近々にマリウスさまが陛下とご対面なさるときまでに、ご持参できるようにいたしましょう」

「頼むぞ。そして、ノスフェラスにおもむくときまでには、マリウスの処遇については明確にしておかねばならぬ。これから先、ノスフェラス遠征というようなきわめて危険度の高い、けたはずれに難易度の高いであろう冒険に臨むのだからな。ましてマリウスはその以前にもいろいろと、そうした悪の手先の手中におちたこともあったときく。まあ、つまりは、ひとを信じやすいというか、軽はずみな行動もとりがちだということでもあろうし、また、結局のところは、身を守るだけの用心深さや武勇を欠いているということでもあるだろう。——ましてこのさき、ノスフェラスで遠征軍がしなくてはならぬことを考えれば――」

「さようでございますな」

ハゾスは力をこめてうなづいた。

「そもそもグイン陛下をある意味、人質にとられているような状況でございますのに――それをお救いすべくこうしてかけつける旅でございますのに、またしてもうかつな軽はずみな行動などをとられて、もうひとり人質が増えたような結果になっては、ただ、遠征軍に迷惑をかけるだけのことになってしまいましょう」

「そこまで軽はずみだとばかりも思わぬが……というか、そう思いたいが、しかし、まあ出来うることなら、ケイロニアの遠征軍の一員としてではなく――といってむろん、パロ魔道師団の一員ともなれぬであろうから、まあ客員というか、客分、というような資格でいってもらう他はあるまいな。ケイロニアの正規軍の一員になど加えたら話がいっそうややこしくなるだけではない。もっとさらに、鍛えた正規軍が足手まといのお荷物をかかえこむことにならぬものでもない」

「それはもう、ゼノンにせよ、トールにせよ、今回は必死でございますから、とてもそのようなお荷物をかまっているひまはございませぬし、足手まといは極力避けたいものでございます」

自分がついてゆかれなかった鬱憤をこめて、ハゾスは力をこめて云った。

「わたくしでさえ文官ゆえに遠征のかなわぬところを、剣も持たぬ吟遊詩人などに——しかし一方では、確かにグイン陛下を首尾よく救出できた折には、記憶のその障害がどのようになっておられるか、まったくわかりませぬが、マリウスさまのような人がいるほうが、良いのかも知れず——それについてはもう、何とも申せませぬが……」

「まあ、だが、何にせよ、まずは、こちらからもきちんと話をし、その話をのんでもらい、条件が整って、互いに話がついてからのことだ。でなくば、たとえマリウスが何をどう望もうとも、当人の希望どおりに行動して、我々の非常に重大な目的を邪魔させるわけにはゆかぬ」

「御意にございます」

「ならば、早速明日にでも——いや、むろん今夜でもいいが、わしとマリウスとの会談を——おおごとではなく、ごくひそやかにここでもよいし、もっと内密に、場所をどこかあずまやにでもしつらえてもらってもよい。その前に、とにかく早速に星稜宮に使いをやって、オクタヴィアを呼び寄せておこう。オクタヴィアとの対面は出来ることなら、今夜のうちにも、わしと話し合いをするより前にすませておいて欲しい。それに、もしもマリウスがオクタヴィアともマリニアとも顔をあわせずに去りたいと望むとしても、それはあまりにも一方的ないいぐさというものだ。たとえ、それでいまはオクタヴィアがどのように気持が冷えているにせよ、それでもやはり、マリウスはオクタヴィアの夫であり、マリニアの父であるには違いはないのだからな。もしもケイロニアの皇位継承権につながることや、ササイドン伯爵の地位を返上するとしても、それとこれとは違う。それをあえて、会わずに話をすまそうとするのだったら、それはやはり、卑怯な、卑劣な現実逃避のしわざというしかないだろう。とにかくあの男は確かにあの男なりの理屈もある、感覚もある、決して無神経ゆえオクタヴィアやわれわれの心を踏みにじってこのような仕打ちをするのではないのだろう、ということはわかったが、しかし、それならば、こんどはあの男にも我々の気持ちや希望をわかってもらわぬわけにはゆかぬ、そうでなくてはあまりに不公平というものだ。わしのいうことは、違っているか、ハゾス」

「何条もちまして。まったくおおせのとおりと存じます」

「オクタヴィアもようやく落ち着いたところだけに、ここでまた、マリウスと対面してそのような話を蒸し返されるというのは、不愉快なことかもしれぬが、これもまた、いずれは決着をつけぬわけにはゆかぬのだぞ、ということは、わしが固く申し渡しておこう。そうだな、まずは、マリウスとの対面の前に、オクタヴィアとわしで軽く話し合っておくとするかな。――やれやれ、なんだか、とんだおまけがパロの魔道師団にくっついてやってきたものだな」

「まったくでございますよ」

ハゾスはおのれの鬱憤を吐き出すように眉をしかめた。

「いかにそれで話が多少先にすすむとはいえ、なにもこの忙しいさいに、というのはどうしてもございますなあ。どうも私は、失礼ながら、詩人の婿などというものは金輪際持ちたくないと存じますよ。これはどうも失礼つかまつりました」

3

そのようなわけで——

ただちに、ばたばたとあわただしく、さまざまな準備がはじめられ、そして、とりあえずオクタヴィアとマリニア母子が星稜宮から黒曜宮に馬車で呼び寄せられたのだった。

案に相違して、ただちにやってきたオクタヴィアは、マリウスがパロの魔道師ヴァレリウス一行に同行している、そしてグインの救出のためにノスフェラス遠征へも同道したいと希望している、という話をきかされても、眉ひとつ動かさなかった。

「そんなことではないかと思ったわ、お父様」

彼女はむしろ、アキレウスをなだめるような口振りであった。

「私はそこは夫婦だし、何年ものあいだ一緒に暮らしていたものですから、お父様よりも、ハゾスさまよりも、あの人のことはよくわかっているつもりよ。あの人はそういう人よ、お父様。でも、あの人には悪気はないんです。それが一番困ったことかもしれないけれど——あの人にはいつだって、悪気だけはまったくないんです。これっぽっちも」

「お前はそういうがね、タヴィア」

いったんハゾスに対しては、むしろなだめる側にまわっていたはずだったが、オクタヴィアのその落ち着きぶりをみると、こんどはアキレウスのほうが、胸がおさまらなくなるようすであった。

「悪気がなければいいということだったら、何も悲劇も起きんし、何ごとも悪気のないやつが思ったとおりにしてかまわぬ、ということになってしまうぞ。あやつには、一応父親としての責任もあれば、夫としての責任もあるのだ。それだけは、たとえケイロニアの皇帝家についての責任までは押しつけることは遠慮するとしても、わしは、なんとしてでもあやつにわかってもらわぬわけにはゆかんよ」

「それは、もちろん、そうなんですけれどね」

オクタヴィアは肩をすくめた。ふしぎなことに、彼女は、マリウスが戻ってきた、というのをきいても、少しも動揺もしていなければ、心も傷ついたり、悩み苦しみもしていない——むろん、といって喜びにあふれていようというわけもなかったが——ようであった。というか、アキレウスが驚くくらいに、彼女はまるきりなにごとも起きなかったのと同じような態度しか見せてはいなかった。

「でも、なんといったらいいのかしらねえ——それはなんだか、もう、私にとってはたいしたことではなくなってしまったのよ、お父様。あの人がいようといまいと――うーん、そうね。私にはまだ、正直自分の気持ちがそこまではよくわかっていませんの。そこまで、もうあの人が生きていようと死んでいようと、どこにいようとかまわない、どうでもいい、というところまであの人に対して凍ってしまったり、つれなくなってしまったのかどうか、それはよくわからないの。あの人を好きなのか、嫌いなのかもよくもう自分では決められないわ。でも、そうね――ひとつだけ、確かなのは、あの人は絶対に変わらない、というそのことだけよ。それはもう、ケイロニアに来る前から私、よくわかっていたわ。前にお話ししましたけれど、あの、トーラスでの大騒ぎのときに、私、あの人が私をおきざりにしてグインに相談に出かけていってしまったことではなく、臨月の私が戦っている最中に私のかたわらにいなかった、私がそうして戦ったことさえ、さいごまで知ろうともしなかった、ということで――ああ、この人とのかかわりというのはこのようなものなんだ、と本当にとことん、わかってしまったようなの」

「それはだから、まったくもってけしからぬ――」

「だからね、お父様。それがそうではないのよ」

オクタヴィアは、いったいどのようにして、こんな微妙な繊細な話を、偉大な武人でしかない父親にわかってもらったらいいのか、と困惑して首をかしげた。

「それは確かに、私だってそのとき私のそばにいてほしかったたし――戦うときには邪魔だし、足手まといだったかもしれないけれどもね。あの人はそういうときに、剣をふりおろそうとしている私にむかって、さっき私を殺そうとしていた敵をかばって『この人にもお父さんもあればお母さんもあるんだ』なんていって泣きかねない人だから。——でも、戦うときではなくて、私があの人にいてほしかったのは、戦ったあと、私をねぎらって欲しかったし、マリニアのお産のときにはことに、私のそばにいて手のひとつも握ってほしかったわ。それは本当に恨んだかもしれない。でもね……」

「ウーム……」

「いまとなっては、私、あのとき、あそこにマリウスがいなかったおかげで、私はあそこまで強くふるまえたのかもしれないいなと思ったりもするのよ。あのとき、私にはほかにもう頼るものは何にもなかったわ。むろん、あとでカメロン提督——ではなかった、あのときは何だったのかしら、カメロン将軍だったかしら。カメロンさまがいてくれて、だからこそ私はいまでもこうして生きていて、なんでも笑い話にしていられるわ。だけれど、あのとき——私、久々に、自分が本当に孤独だったこと、孤独で、いつ殺されてしまうかわからない危険で恐しい残酷な状況のなかで生まれ育った人間であること、そして、そういう不安と孤独と戦いながらこの年まで、何とか自分の力で切り抜けて育ってきた人間だったんだ、って思い出したわ」

「そもそもだな、そんな思いを女にさせるというのは——」

「でも、私たちは――男か、女かではなく、誰もが本当は孤独だし、ひとりだし、自分で戦わないわけにはゆかないのよ。お父さま」

なだめるようにやさしくオクタヴィアはいった。

「自分の苦しみは自分で背負わなくてはどうにもならないもの。――あの人がもっと素晴しい、力強い男性で、私を見捨てることもなく、私からはなれることもなかったとしたら、私――もしかしたら、目の前であの人が、襲われて殺されるのを見ていなくてはならなかったかもしれないし、その結果私もとても自分で戦って切り抜けるほど強くなれず、ゴダロ一家を襲ったあの恐しいやつらにむざんに殺されていたかもしれない。お腹の子供もろともね。いま思い出しても身の毛がよだつわ――マリニアは本当によく頑張ってくれたと思うわ、私のお腹の中でね。私が戦っているあいだ、あの子は身動きもしないで、私のお腹を中から蹴ったりもしないでじっと頑張っていてくれたのよ。そのことを考えると、私、なんだか、マリニアと私は本当に一心同体なのだな、少なくともあのときには本当に一心同体だったのだな、という気持になるの。――男なんてつまらないものね、というか気の毒なものね。母と子供はこれほどに一心同体で、運命をともにしているのに、それから遠くはなれて、マリウスは私がそんなことになっているとさえ知らずにいたんだわ。むろんそれはあの人自身が選んだことではあるけれど」

「本当に強い男、よい夫というものは、そもそも妻子をそんな目にはあわせぬものだ」

怒って言いかけてから、アキレウスはふと悄然とうなだれた。

「――という資格はわしにはないな。わしは、お前の母をも、お前をも、それよりもっとむごい目にあわせながら何も出来なんだ父親であり、夫であったのだからな。それを思うと、確かにわしは、お前がいうマリウスのそのときよりも、ずっとなさけない、駄目な父であり、夫でしかなかった。わしが何も出来ず、何も知らぬでいるうちに、ユリアはむざんにも惨殺されてしまい、お前はそれを目撃して一生心に傷をおうことになったのだからな」

「でも、傷というのは、さいわいにして、癒えることもできるものですのよ」

オクタヴィアは美しく微笑みながらいった。

「そう、もう私はあのときの悪夢にうなされて飛び起きることも、びっくりするほど少なくなったわ。いっときは恐怖のあまり、眠ることさえ出来なくなっていたものだわ。そうね――そして、それを思うと、その悪夢から私を救い出してくれたのは、強い男ではなくて、優しい男、戦うことの大嫌いな優しいマリウスだったのだと思うの。――そう思うと、強い、というだけが人間の、男の価値なのかしら――マリウスの弱さやもろさや、卑劣ささえも、それはある意味、私にとって大切なものだったのかしらね、と思うこともあるのよ」

「お前はあまりにもものごとをよくわかりすぎる」

いくぶん、おさまらぬ気味にアキレウスは云った。

「お前があまりにもそうしてものわかりがよすぎるから、あの男がつけあがるんだよ。それは確かにお前のいうことにも一理はあるかもしれぬが、だからといって、こんなふうにして無責任に妻子を放り出していいということにはならん」

「もう、それについては、いいじゃないの、私とあの人の話し合いということで？　私、あの人と二人だけで話してみたいわ。そして、自分の気持ちを確かめてみたいの。あの人の気持ちについてではなくね——あの人の気持ちっていうのは、本当にそのときどきでころころ変わってしまうんですもの。もうきのうとは同じ気持ちじゃない、だって今日はきのうじゃないんだから、というのが、あの人の口癖だったわ。でも、『だから、ぼくは毎日違う歌が歌えるんだよ、タヴィア。毎日の天気が少しづつ違うようにぼくの気持も毎日変わる、だからぼくの歌も毎日、起こる出来事にあわせて少しづつ変化し、進化してゆくんだ』というあのひとのことばは、わからないわけじゃないわ」

「ウーム……」

アキレウスは唸った。そして、そのようなことはとうていおのれにはわからない、と認めないわけにはゆかなかった。

しかし、ハゾスと話し合った「夫婦のことは夫婦でなくてはわからない」ということだけは、長年孤独で不幸な、かたちばかりの夫婦生活を送ってきた揚句に、妻の反逆と不倫と死、という破局を迎えたアキレウスには身にしみていた。それゆえ、アキレウスは、最終的には、この問題はまずマリウスとオクタヴィアの当人どうしにゆだねる、ということに決定し、ハゾスに調整させて、どうしても黒曜宮に来たがらぬマリウスを、まずはオクタヴィアが風待宮にたずねる、という段取りをつけさせたのだった。

遠征軍のほうは、ヴァレリウスの部隊が到着してただちにノスフェラスにむけて旅立てるものと手ぐすねをひいている状態だったので、この会見には本当はそんなに時間をさいていられるような状況ではなかった。というよりも、本来ならば、マリウスと遠征軍とは別々に行動すべきだ、というのが、ハゾスとアキレウスの一致した考えだったのだが、それもともかく、せめて最低限の話し合いがすむまでは決定しかねたので、そのためにも話し合いは急がれねばならなかった。

「まったく、こんな切迫したさいに、よけいな面倒ごとを持ち込んでくれる」

ハゾスはひそかにディモスに愚痴ったが、ともかくもマリウスがまたどこかに消えてしまわないうちにこの話を最終的に決着をつけることができれば、というのは、ハゾスにとっても非常に懸案の話ではあったのだ。

それゆえ、オクタヴィアが黒曜宮によばれてアキレウスと話をしてからほどもなく、馬車がしたてられ、マリアを抱いたオクタヴィアがごく少数の騎士たちに護衛されて、風待宮に入る、というはこびになったのだった。

「最初は、マリニアをあの人にあわせたくないので――」

一応外まで同行することになったハゾスに、オクタヴィアは苦笑して頼んだ。

「私、自分でもわからないんです。あの人に本当に会ったときに自分がどんな反応をするか。そして、それがわかるまで、マリニアの前であの人と会いたくないし――あの人のようすを見て、ちゃんと得心のゆく態度をみせるかどうかわかるまでは、マリニアをあの人に会わせるのもイヤなんです。あの子は、この世の悪意というものをほとんど知らずに育っているのですもの。母親が激昂して父親を罵ったり、つかみあいにはならないと思いますけれど、なじったりするようなところは見せたくない――どちらにしても、いっていることは聞こえないでしょうけれど、その分、あの子は、ようすでおびえたりすると思うの。それに、私、自分でも気の荒い女だなあというひけめはあるんですのよ。このところ、おだやかな日々が続いて、ずっとそんなこと忘れていたけれど。――あの人と旅していたあいだでも、ずいぶんとよく喧嘩をしたものだわ。思わずかっとなって剣をぬいてしまったことだって、一度や二度じゃあないし」

「そのお気持はよくわかりますですよ、オクタヴィア姫」

ハゾスは苦笑いした。そして、オクタヴィアが久々に夫と対面しているあいだ、とりあえずマリニアを女官たちとともにあずかっておくことに同意した。

というわけで、面会のために用意された風待宮の一室に入っていったのは、オクタヴィアひとりであった。むろん、マリウスのほうも、供などもとより連れているわけもなかったので、ぽつねんと、いつもどおり、サイロンに入ってからは魔道師のマントの変装もとりさって、吟遊詩人のなりのまま、広い応接間の片隅で待っていた。

オクタヴィアはさすがに多少胸をどきつかせながら、広い室に入っていった。だが、最初に、椅子にかけてぽつねんと待っているマリウスのすがたをみたとき、オクタヴィアの口から出たのは、思いがけないことばだった。

「あなた、なんだか——ずいぶん痩せてしまったのね。やつれたんじゃないの？」

「ぼくが？」

驚いてマリウスは云った。そして、なんとなくはにかみながらオクタヴィアを見上げた。

「ああ、うん——そうだねえ。少しやつれたかもしれない。この旅のせいじゃないんだ。むしろ、旅に出てきてずいぶん元気になったよ。まあ、パロで、いろいろとあったからね。兄の死とか……ほかにも」

「旅をしていないと、あなたは不元気になってしまうのかしらね。マリウス」

複雑な気持ちで椅子にむかいあって腰をおろしながら、オクタヴィアは云った。マリウスはほとんど何ひとつ言い残すこともなく、ただ「兄が死んだ。パロにゆく」という書き置きひとつ残して出奔したので、それからいったいどのくらいの年月がたったのか、恐しく長く、十年も二十年もはなれていたような気もしたし、いっぽう顔をみると、ついきのう出ていっただけのような気持さえもしたのだ。

「ああ。きっとね。そうなんだ。こんな旅でも、この旅のあいだは、なんだか——水を得た魚のような気がしていたよ、ぼくは」

「でもクリスタルにずっといたんでしょう?」

オクタヴィアは奇妙な気持で良人を観察しながらいった。なんとなく、それが、自分にとってはじめて見る男であるような気がしてならず、ひどく物珍しいような気持で、上から下までじろじろと見ずにはいられなかったのだ。

オクタヴィアの目にうつったのは、ほっそりと痩せて、とうてい、オクタヴィアの知っているその年齢には見えない、いかにもうら若くてまだ少年といってさえ通りそうな、きれいなほっそりした顔と、やわらかな茶色のまなざしをもつ、どことなくたよりなげな青年だった。本当はもう青年という年ではなかったはずなのだが、驚くほど若く見えたし、そのほっそりした体形のせいもあって、少年、といってさえも信じるものは多かったに違いない。よく見ればさすがに、目元や口もとには、本当の十代のうら若い少年にはありえない、人生の年輪のようなかげりが、少しづつあらわれてきてはいたのだが。

だが、肌もなめらかだったし、髭もほとんど生えないたちなので、もとからマリウスはとても若く見えたのだが、それ以上に、たぶん性格的なもの——あるいは精神的なも

ののせいで、彼は、いかにもたよりなげに、少年めいておぼつかなげに見えるのだった。といって、はかなげに見える、というわけではない――その栗色の瞳はいつも明るかったし、巻毛の髪の毛がゆたかにとりまいているほっそりとした顔は自然に笑みがこぼれてくるようで、愛嬌と、生きる喜びに満ちていることを見るものに感じさせ、誰でもがすぐにこの吟遊詩人を好きになってしまうのだった。

オクタヴィアはなんともいえぬふしぎな思いで、いまはじめて見るように自分の良人を見つめていた。

（こんな顔していたんだわ、この人……）

ふしぎな気持で、オクタヴィアは考えていた。

（こんな、なんだかあどけないというのか――子供っぽい……それに、きれいな顔だわね。確かに、きれいな顔だわ――端正、だとか、気品高く美しい、というのではないかもしれないけれど、とてもよくととのって――少女のような顔をしているわ。……こんな顔をしていたのね。そして、こういう人と、私は暮らして……そして子供を産んだり……一緒に旅をしたり――していたのね）

（そして、この人は私たちをおいて出ていった……）

「君はちっともかわらない、タヴィア」

マリウスは朗らかに云った。少なくともかれは、少しも悪びれてもいなければ、逃亡したことに罪悪感を感じているようすもなかった。

「いつもきれいで、豪華で、それにだんだん――なんというのかなあ、貫禄が出てきた。いや、それは、太ったとかそういうことをいってるんじゃないよ。そうじゃなくて、なんといったらいいんだろう。なんとなく、立派になった、とぼくには思えるんだ。うん――なんだか、いかにも、ケイロニアの皇女様という感じになってきたよ。落ち着いているし、それにその、深い紫がかった赤のびろうどの、すごく立派なドレスのせいかな。君がかつて、男装の剣士として剣をふるってたことなんて、とうてい誰ひとり想像もつかないに違いない。生まれついての貴婦人、というように見える。きれいだよ、タヴィア。それにすごく豪華だ。ぼくなんか、とうてい、そばによる勇気もないくらいだ」

「それは、いまの私が、あなたにはお気にめさない、少なくとも、いまの私はあなたにはふさわしくない、っていうことなの？」

ちょっとかちんときて、タヴィアは云った。マリウスは、困ったように目をしばだたいた。

「何をいってるの、タヴィア。ぼくはそんなこと、云っていないだろう？　だって、ぼくはといえばいつまでたっても貧相な若僧だよ。ただの、貧しい無一文の吟遊詩人だ。だがいまの君は――そうだね。いまの君はまさにケイロニアの皇女殿下だよ。オクタヴィア姫だ。ぼくのタヴィア、あの一緒に旅をつづけてた傭兵姿の粋でカッコいい男装の麗人じゃあない」

「私がそんな格好で歩き回ったりしたら、お父さまも宮廷の人たちもさぞかしびっくりするでしょうよ」

オクタヴィアは苦笑した。

「相変わらずなのね。——あなた、私から切り出さないかぎり、肝心かなめな話は絶対に自分からしようとはしないんだから」

「肝心かなめな話って何、タヴィア。おお、そう、マリニアは元気？」

「ちょっとは、気になるの？」

いけない、いけない、と思いつつも、オクタヴィアは、マリウスと話をしていると、ついつい少しづつ意地の悪い、とげのあることばを吐いてしまわずにおられぬ気持になるのだった。そのことを、（そういえば、この人と話してると、私は昔からちょっとづつ苛々したんだわ……）と、妙な懐かしさをさえともなって、彼女は思いだしていた。

「そりゃ、なるさ。ぼくの大事なひとりむすめだもの」

マリウスはだが、それもまた昔どおりに、何もオクタヴィアのことばのとげなど気にしたようすもなく、にこやかにやりすごした。

「ねえ、タヴィア、君はぼくが君とマリニアをおいてパロにいってしまったことで怒っているの？　だけどね、それについては、ぼくは君ならわかってくれるものと信じて出ていったんだよ。だって、ぼくがどれだけ兄に——ナリスに深いわだかまりや愛情や——なんというんだろう、葛藤を抱いていたかを、もっとも知っているのは君だと思うし、ぼくはそれについて一番何回となく君に話してきかせたと思うし——」

「それは、そのとおりよ。だからといって……」

オクタヴィアはちょっと言いかけて、それから苦笑してやめた。マリウスにむかって、そういうことをいうむなしさを、彼女ほどわきまえているものはいなかったのだ。

「私は、そんなことを云いにきたわけでもないし、怒っているかどうかもよくわからないわ。——あなたの顔をみたら、もっと怒りがこみあげてくるかもしれないと思ったけれど、なんだか、少しもそういう感じじゃあない。前とまったく何もかわってないわ——ちょっと苛々して、ちょっとかちんときて、だけどやっぱり愛すべき人でもあるなと思って——そういうことって、変わるものじゃあないんだわね。きっと」

「そうそう」

マリウスはたいへん無責任にいった。それから、ちょっと心配になってオクタヴィアを見つめた。

「ねえ、タヴィア。怒っていないんだったら、ぼくはすごく嬉しいよ。君を怒らせたりするような気持はぼくには全然ないんだから。というより、ぼくのほうは君に会えて嬉しいばかりだし、ひさびさに会ってみるとやっぱりなんて君は豪華で綺麗で美しいんだろう、ぼくの奥さんはなんてきれいなんだろうとすごくうっとりして思っているんだから」

「何をいってるのよ、あなたは」

苦笑してオクタヴィアは云った。それから、(私はこの人と話していると、いつもこうやって苦笑してることが多いんだわ)と、あらためて考えた。

「さっきは私はあなたにふさわしくない、みたいなことをいっていたじゃあないの」

「何をいってるんだ。あれは、ぼくが、貧相でちっぽけで、とても君にふさわしくない、といったんだよ」

「それは、もう、私と一緒にいるのはいやけがさした、もう私と一緒に暮らしたくはない、ということなの？」

放っておいたらいつまでも、マリウスのペースにまきこまれるだけだと悟って、ずばりとオクタヴィアは云った。マリウスはちょっと目を大きく見開いたが、今度は何も返事をしなかった。

「どうなの」

オクタヴィアは追及した。

「あなたは、私とマリニアをおいてパロにいったことについては、あやまる必要もないし、それで私たちは何も傷ついていないだろうと思っている？　そして、これからのことについて真面目な話し合いというのは、する必要もない、と思うくらいに、私とマリニアのことをもうなんとも思っていないの？」

「いやだなあ、そんなとげのある言い方をしては」

マリウスはむしろ悲しそうにいった。

「なんで人はみんな、そうやって、なんというんだろう、ひとをとがめることをばかり考えるんだろうなあ。まず、ぼくは、君があやまれというのなら、あやまるよ。だけど、ぼくがパロにいったのは、二つの理由がある。ひとつはナリスのこと、ナリスの死、という事実についてだけはぼくはどうしても、パロにいなくてはならない、と思ったこと。もうひとつは、サイロン宮廷にいるというのが、すごくぼくはイヤでたまらなかったことだ。だがそれと、君とマリニアのことはいっさい関係はないよ。関係はないけれど、関係はあるかもしれないけど、でも、理由としては関係はないよ」

「よくわからないわ。私をごまかそうとしてるの？」

「そうじゃないさ。ぼくは、サイロン宮廷にはほとほといやけがさしていたし、そこで一生を送るなんて真っ平だと思っていたけれど、君のことは愛しているし、ほんとに深く愛しているし、崇拝しているとさえいっていいくらいだ。そしてマリニアはぼくにとっては永遠の宝物だよ。だけれど――」

「だけど、それは、ケイロニア皇女としての私や、ケイロニア皇帝の孫としてのマリニアをじゃあないんだ、ということをいいたいのね？」

「そのとおりだ」

マリウスは、かれとしてはひどくきっぱりといった。

そして、茶色の目で、じっとオクタヴィアを見つめた。

「こういうふうに話し出したのは君だよ。だから、じゃあ、ぼくも思ったとおりに言わせてもらうけれど、ぼくは君を愛してる。君とずっと一緒にいたいと思う。この気持には全然何のかわりもない。変わる理由がないじゃないか、君もぼくも変わらないのだから？　ただひとつ変わってしまったのは君の境遇だ。そしてぼくはもう選んだ。自分がどうありたいかは知っているし、自分がどういう状態に耐えられないかも知っているし、だからもうぼくは選んでしまった。あとは、選ぶのは君の番だよ。ぼくと一緒に生きる生涯か、それとも、ケイロニア皇女として生きてゆくことか」

「それは、二者択一するようなことなの？」

オクタヴィアはきっとなって云った。

「どうして、そのどちらかを選ぶことが、どちらかを捨てることになるの？　あなたは、私に、お父さまかあなたか、どちらかを選べ、というの？　私はどちらも愛しているのよ。どちらかを選ぶためにどちらかを傷つけるなどということは、私はしたくないわ。ましてマリニアにもさせたくないわ」

「だって、ぼくはパロ王家の王子であることを捨てたよ」

　マリウスは云った。

「だからぼくにとっては最初からもうすべては決まっていた。ぼくは吟遊詩人のマリウス、そのほかのなにものでもない。ナリスの死にあってやむなくパロに戻ったけれど、しばらくクリスタルにいて、これはやっぱりぼくには続かないだろうなとうすうす悟っていた。だから——グインのことをまあ、いわばしおにしてクリスタルを出てきてしまったけれど——ぼくにはきっと、宮廷暮らしそのものが耐えられないんだ。それはもう仕方ない。だから、ぼくにとってはそれは決まってしまっている。だから、君にとってそれが二者択一だととれるのなら、しかたがないさ」

「ずいぶん、あなたにしてはきっぱりしてるのね」

　オクタヴィアはつぶやいた。だが、そのほうが彼女としては話がしやすかったので、ちょっと語調をやわらげた。

「あなたは、では、とにかく宮廷で暮らすということはクリスタル宮廷でも、黒曜宮でも、お父さまがあれだけ気を遣ってくださって建ててくれた星稜宮でもイヤだ、というのね？　あなたは、王族、皇族としての暮らしそのものがイヤだ、というの？」

「そのとおりだよ」

「でもあなたはパロの王子よ、それは変えられない血なんではなくて？」

「ぼくは、変えるさ」

マリウスは妙に決然と云った。

「何をしても、変えてみせるさ。もう、クリスタルにはナリスもいない。ぼくをつなぎとめる何ものもない。――リンダには気の毒なことをしたかもしれないけれど――ぼくがとどまっているとあてにしていてくれたんだろう。こんなぼくでもね。ぼくが出かけるつもりだといったら、ちょっと動揺していたよ。でも、グインを探す、といったら、『私のかわりに、グインを探し出して、連れて戻ってきてくださいね、マリウスさま』っていってくれたけど。あの宮廷でぼくをディーンじゃなく、マリウスと呼んでくれたのは、リンダだけだったな。あのひとは、いいひとだ」

「あなた、まさか――」

一瞬、オクタヴィアはちょっと奇妙な感情にかられてマリウスを見つめたが、それからかるく首をふって、おのれのなかのつまらぬ想像をかき消した。

「でもあなたはそのリンダ陛下をも置いてきてしまったのね。そうやって次から次へと、いろいろなひとを悲しませたり、苦しめたり、あてはずれにさせることについては、あなたには罪の意識はないの？　きくだけ無駄かもしれないけれど」

「ないよ」

はっきりとマリウスは挑戦的にいった。

「どうして、みんなそう思うんだ？　それは、みんな定住の民だからだ。だがぼくのなかにはヨウィスの血が流れている。ぼくは、ひとつところにとどまることそのものに耐えられない。それは、わかってほしい。ぼくが、ここにいたくないいんじゃない。そうじゃなく、同じひとつところにいたくないんだ。ここがイヤなんじゃない。漂泊と流浪へのあこがれは、ぼくの中で何ものよりも強く流れている。クリスタルでもサイロンでも、たぶんトーラスでもどこでも同じだ。——ぼくは、同じところにずっととどまっていると、よどんで、自分が腐っていってしまうような気持にとらわれてしまうんだ」

「だから、グインに相談するといってトーラスを出てゆき、ナリスさまが亡くなったからといってサイロンを出てゆき、そして、グインを探すからといって、リンダさまをがっかりさせてクリスタルを出てきたというの？」

　ちょっと怒ってオクタヴィアは云った。

「あなたはいつだってそうなんだわ。それはある意味あなたにとってはとても正しいことなんでしょうよ。——だけど、そのおかげで、残された私はトーラスであわやマリニアごといのちを落とすところだったし、お父さまはあなたに失望なさったし、リンダ陛下もたぶん——あなたは、ひとを、がっかりさせたいの？　頼りにされたり、あてにされるのがいやなのかしらね？　私、ときどき、そういう気がするときがあるわ。でも、場合によっては、あなたは本当に頼りになる人であるときもあるんだけれど」

「ひとをがっかりさせたい人間なんて、いるわけがないじゃないか」

心外そうにマリウスはいった。

「だから——ぼくにとっては、すべては歌なんだもの。——ぼくは風だ。ぼくは鳥だ。ぼくは渡り鳥のように渡ってゆく。風のように梢を吹いてゆく。そこには、悪意もないし、ひとを失望させようなんていう気持も微塵もないよ」

「だけど、捨てられたほうにとってはそれは深い傷になって残るのよ！」

つい、オクタヴィアは声を大きくした。それから、少し反省して声をおとした。

「それに私があなたはとてもよくないと思うのは、あなたはいつだって、本当はただ『どこかよそへゆきたい』と思うくせに、そのことを、『グインに相談してくる』とか、『ナリスの死に目にあいたい』とかと——扮飾、とはいわないわ、たぶんあなたが本当にそう思っているんだろうなということは私にだけはわかるから。でも、それは、あまりにも、あなた一人だけの論理よ。残されるものについても、その都合や気持についてもまったく考えたことはないんだわ。あなたは、いつだって、自分だけが風になって、鳥になってとんでいってしまえば、あとは何もなくなると思ってるのよ、だけど、私たちはみんなそのあとも毎日毎日、日々の暮らしを続けてゆくのよ」

「だから、ぼくは——だから、ぼくはこうして戻ってくるじゃないか。必ず」

マリウスはちょっと怒ったように眉をよせた。

「ぼくはね、タヴィア。――変な話だけど、君と出会って、そして君を愛して、サイロンをおちのびてふたりで出ていったとき、すごく幸せだったよ、本当に幸せだった。ぼくは、生まれてはじめて、一生の伴侶にめぐりあったんだと思った。――口さきだけで愛しているの、好きだのといいあういっときの情事のあいてやからだとか生活とかのためだけのかかわりじゃない、生き方そのものの伴侶にね。――ぼくは一生君と一緒に漂泊することを夢見た。それは幸せだったよ、タヴィア。一生ひとりで漂泊してゆくのだと思っていた。だけど、そうじゃない、これからは、ふたりで漂泊してゆくのだ。すべての体験をわかちあい、旅から旅へ、思い出はいつも二人で重ねてゆき、そうして年をとってついに定住せざるを得なくなったとき、ぼくたち二人のあいだだけには本当になつかしく涙のでるようなたくさんの思い出がある。その思い出がいつもぼくたちを結びつけてくれる――ぼくは、そう思ったんだよ。これからはずっと一緒に生きてゆくのだ。一緒に旅をかさねてゆくのだ、そう思った」

「だけど……」

「トーラスに落ち着いたときはね、タヴィア、君はお腹に赤ちゃんがいたし、それが生まれるまではしかたないと思ったよ。それは、旅先では落ち着いてお腹の赤ちゃんを育て、出産することだって不可能だ。だから、ぼくは、ぼくの知るかぎり一番子供を産み育てるのに最適な場所を君に紹介した。ゴダロとっつぁんの店は素晴らしかっただろう、タヴィア？　オリーかあさんだってすてきだったし——だけど、ぼくは、もともとそこにだってずっといたわけじゃなかった。ぼくは、そこでかれらと心を結びあい、そしてまた漂泊の旅に出、そして戻ってきて——そしてまた……」

「あなたは、ヨウィスの血をひいてるといつもいうけど、でもあなたはヨウィスの民じゃあないのよ、マリウス」

手厳しくオクタヴィアは云った。

「あえていうなら、あなたはヨウィスの民を気取っているんだわ。ヨウィスの民はいろいろなものを犠牲にして、そしてああして漂泊の民のままでいる。草原の騎馬の民だってそうだわ。かれらは定住することの幸せや安定や、いろいろなものを犠牲にする。あなたは何も犠牲にしないで、定住することと、勝手気儘にいってしまっては気の向いたときに帰ってくる放蕩息子のような生活のいいところだけをそれぞれにいいとこどりしようとしているんだと私には思えるわ。何かを失わなくては、何ひとつ得られないのよ。それが真実なんだわ」

「まさしくね」

マリウスはゆっくりといった。

「何かを失わなくては何も得られない。ぼくはそのことを知っているよ。そして、ぼくにとってはもう、失うものははっきりしている。君がぼくとともに来ない、そういう暮らしはもう出来ないというのなら、ぼくは——君を失うしかないね。君と、マリニアを」

「……………」

ちょっと、歯をくいしばって、オクタヴィアはマリウスを見つめた。

それから、ちょっと奇妙な声で、ゆっくりと彼女はいった。

「私たちを捨てるの——？」

「捨てるつもりはない。まったくないよ、タヴィア。どうしたら、わかってもらえるんだろう——ぼくはこうとしか生きられない。そのことをわかってくれる人としか生きられない。そして、ぼくは君を愛している。マリニアをも愛している。どちらをも絶対に失いたくない。ましてや捨てたいなどと思うわけがないだろう？　君がぼくを捨てるんだよ、タヴィア。君が、自分の思い通りにならぬぼくを捨てるんだ。君は、それを認めるのがイヤなんだ」

「そんな——」

オクタヴィアは、さしもの落ち着いた日頃の冷静な彼女が、ちょっと手をもみしぼった。だが、その目にはあいかわらず、涙などは浮かんでこなかった。

「——確かにそのとおりかもしれないけれど、でも」

彼女はごくりと唾を飲み込んで云った。

「でも、本当にそれしか道はないの？　あなたは私を愛している、別れるつもりも捨てるつもりもないという。私は――私は、そうね、私もあなたと別れるつもりなんかないわ。だのに、そうしなくてはいけないの？」

「選ぶのは君だ、といっただろう。君がぼくと一緒にきてくれたらぼくはどんなに嬉しいだろう――マリニアについては、もしも君が平和で安全なサイロン宮廷にいたほうが幸せだと思うのなら、それが正しいとぼくは思う――」

「何ですって」

瞬間、激昂してオクタヴィアは云った。

「マリニアから――耳の不自由な、幼いマリニアから、父だけではなく、母親までなくさせようというの？　あなたは、それでも、マリニアの親なの？」

「ぼくの母は父が亡くなったのを悲しんで、食事を断ってゆっくりと死んでいった。八歳のぼくをただひとり残して」

静かにマリウスは答えた。

「そして残されたぼくは、（母さまはぼくが要らなかったんだ。ぼくよりも、父さまのほうが、母さまには大事だったんだ）と思いながら育った。ぼくがこの世でただひとり愛し、崇拝した兄も、結局のところ、ぼくが思い通りにならぬ、とわかったときにぼくを見限ってクリスタルへ去っていった。――君もだよ、タヴィア、誰もが、自分の思い通りになるからぼくを愛したり求めたりし、思い通りにならぬとわかれば、愛するのをやめたり、愛しているけれど憎んだりするようになるんだ。——思い通りになるから、君はぼくが必要だったり、愛したりしたのかい？　ぼくがぼくだからじゃなく？　ぼくがぼくだ、ということは、ぼくがこのようである、ということだよ。それを理解して、そして吟遊詩人のマリウス、漂泊するマリウスを愛してくれたんじゃないのかい？　その君をぼくは愛したんではなかったか？　ケイロニア皇帝の娘、という身分をなげうってぼくとともに漂泊することを選んでくれた、男装の麗人だったイリスをぼくは愛した。ぼくは、ケイロニア宮廷で豪華なドレスを着て美しい貴婦人としておさまりかえってる君と出会ってもたぶん君と恋におちることはなかったよ。美しい貴婦人なら、いくらでもぼくはパロでもどこでも見てきた。ひとときの美しさだの、優雅さだの、そんなものはぼくにとっては何の役にもたたなかった。いとこのリンダと話をしていて、とても魅力に感じたのは、彼女がレムスと一緒にノスフェラスをさまよった話をするときだった。そのときに彼女と出会っていたら、ぼくはきっと彼女が好きになっていただろう。ぼくをひきつけるのはいつも、自由な魂——自由に天翔る、漂泊する魂なんだ。それが君にはあると思った。君とともに漂泊しているとき、ぼくは一番幸せだった。だのに、君はぼくを裏切り、サイロン宮廷での安定した毎日、窮屈だけれど安全で、豪華で、清潔で、そしてゆたかな日々を選んだ」

「あなたは、旅をしているあいだだって、一晩の宿銭のために、手当たり次第に宿の未亡人の女主人だの、ときには宿場の金持ちの男とだって寝たじゃないの」

オクタヴィアは荒々しくなることばをおさえかねたように云った。

「それで私が傷つくことはないと思っていた？　私は黙っていたわ。これがあなたなんだ、云ってもしかたないんだ——だけどあなたは私を愛しているという。そんなゆきずりの誰に身をまかせようと、誰を抱こうと、そんなのはまったく本質とも愛とも関係ない、だから、君が気にすることはない、あなたはいつもそういったわ——」

「そのとおりだよ。決まってるじゃないか——サリアのことなんて、それこそ、ぼくが誰かのために歌をかなでたり、歌ったりするのと同じことだよ。ぼくは求められたら誰のためにでも歌う——だけど、それは愛しているってことじゃない。ぼくが愛してるのは、君だけだよ、タヴィア」

「だけど、それは、私の欲しい愛じゃなかった！」

激しくオクタヴィアは言い切った。そして、たまりかねてちょっと両手で顔をおおった。

「やっぱり、そういうことなのかな」

マリウスはつぶやいた。そのはしばみ色の瞳には、奇妙な寂寥のかげりがあった。

「やっぱり女性には、ぼくの思いを理解してもらうことはできないのかな。——女性は安定と定住を求めるものだ、とすべての神話だの伝説だの口承だのは伝える。ぼくは、そうでない女性だってたまにはいるはずだと信じていたよ。そういうたぐいまれな女性とぼくは幸運にも巡り会い、そして愛し合うようになった。なんてすばらしいことだろうって。だからぼくは君を深く愛していた――」

「わからない。わからないのよ。女にはわからないわ。そんなふうに平気で他の女を抱ける愛なんて。自由とはかりにかけられる愛なんて。子供を平気で――漂泊する自由のために、幼い子供をたったひとりきりで置き去りにしてゆけるなんて……」

オクタヴィアは、ちょっと自分を落ち着かせようと頭をふり、そして手をはずし、くちびるをかみしめた。

「前からあなたと話していると私はときたまひどい無力感に襲われたわ」

彼女はつぶやくようにいった。

「そして、よく思ったものだったわ。この人とは、あるところまでしか話すことはできない。そこから先へは、話しても無駄なことだ。この人は、ひとと同じことばは喋らないんだ――いつだって、このひとは、本当には、決してひととわかりあおうともしていないし、ひとのことばをきいてもいないんだって。――きっとあなたが私を愛してくれているというのは本当だわ。でも、それは――普通の、私が知ってるような愛じゃない。何かきっとまったく違う――鳥だの、風だの、何かそういうものの愛なんだわ。私、それについてゆけると思っていた。——マリニアが生まれたせいかもしれないけれど、いまの私には、それはわからないの。……マリニアを悲しませるくらいなら、私は、自分が悲しいほうがいいわ。マリニアとあなたとどちらかを選べというのなら、私、ためらうことなくマリニアを選ぶわ。だってあなたは自分のことを自分で出来るし、ひとりで生きてもゆけるけれど、マリニアはまだ幼いのよ。その上耳も不自由で、私を必要としている。お父さまだって、私を必要としている。でもあなたは……あなたは本当は私を必要となんてしてないんだわ」

「だが、きてくれれば嬉しい、とさっきから云っているよ」

ふしぎな、ためらいのない明るい瞳でマリウスはいった。

「きてくれなければ悲しい。だが、ぼくの愛情は、変わることはないと思う。——君自身が何かひどく変わってしまうことでもないかぎりね。——そして、ぼくは、自分の好き勝手に漂泊しながらも、いつも、自分の心のありどころは君だと思って生きていると思うよ。これまでずっとそうだったように。君に会いたい、ここにいったら君が待っていてくれると思い、マリニアがいると思い——だからぼくはうちに帰る。それは君が変えた最大のものだった。ぼくには帰るところなんかないはずだった——だけど、君がいるから、ぼくはサイロンに——二度と戻りたくないと思ったサイロンに戻ってきたよ。だけど、ここにひきとめ、とじこめておこうというのだったら、ぼくはまたどこかへいってしまう。ぼくはひきとめられたくない。なにものにも、足かせをかけられたくないんだ」

「勝手だわ」

　するどくオクタヴィアは吐き捨てた。

「あなたはいいわ。好きなところに好きなようにいったらいい。でもそうすることで、あなたはまるで卵を産み捨てて勝手に違う鳥に育てさせるかっこう《うそつきどり》みたいに、何かを切り捨て、何かをいつわり、何かを見ないで行ってしまうんだわ。こんな話するつもりはなかった。あなたがそういう人間だということはもうよく知っているし、それでもしかたない、好きになったのは私だし――それに、あなたがしてくれたことの数々や、あなたのいいところも、あなたのやさしいところもみんな私のなかにはまざまざと残っているのだもの。だけどそれと同時にあなたが私を傷つけたこと、身重の私をひとり宿に残してあの女の子と寝に行ったこと、私をおいて遠いところへ行ってしまったこと、私がマリニアを生んでも、父親はどこにいるとさえ告げることができなかったこと、私の目の前で知らない女の子といちゃついたこと、みんなそれも私のなかにまざまざと残っているわ。女は――いえ、ひとは、それほど単純にはなれないのよ、マリウス。したいことだけして、やりたいことだけやって、漂泊したいから漂泊して生きてゆく、というようには、ものごとは、大人になった人間にとっては簡単ではないのよ。だのにあなたは、そうすることで何かを切り捨ててしまう。——あなたは確かに自由で、すてきな歌い手で、自由な魂をもつ漂泊の吟遊詩人かもしれないわ。でも、そうであることで、あなたは私とマリニアをはじめとてもたくさんのものを犠牲にしているのよ。そのことを、あなたは見ないで、誰も傷つけてないふりをしているんだわ。でもそうじゃない、私は傷ついてるのよ。もう、そうでないふりはやめたわ。私はとても傷ついて、怒って、あなたをうらんでいるのよ、マリウス」

マリウスは、しばらく、何も云わなかった。

それから、ちょっとうつむいて、低く云った。

「知ってるよ。そのくらい」

「マリウス——」

「誰も傷つけてないなんてぼくは思ってない。——君が、傷ついていることも知ってる。君がぼくをうらむだろうとも知っている。だけど——どうしろっていうんだ。ぼくはこうとしかできない、そしてこうしてくれれば嬉しいということを全部いった。それをする気がないのは、君だよ、タヴィア。君は、最初から選んでしまっているんだ。君はサイロンと、ケイロニア皇女であることと、マリニアと、お父上と平和に暮らすことを選び、そして、ぼくが妥協しないし、ぼくがいうことをきかないといってぼくに怒って傷ついてしまうんだ。君は、ぼくのいうことをきいてくれる気は全然ないんだろう？」

「出来ないわ」

オクタヴィアはくちびるをかみしめ、激しく言い切った。

「私には出来ない」

「ぼくと一緒に――いつかでもいいよ。マリニアが大きくなって、育って、そしてもう親の庇護を必要としなくなったとき。それでいいならぼくはそれまで待つ。いつまでだって、待つことならぼくには出来るよ」

オクタヴィアは考えた。

そのまま、しばらくうなだれて考えていた。そのおもてから、激しい色は消え、やがてゆっくりと、ただ、深い悲しみの色だけがあらわれた。

「出来ないわ。マリウス」

オクタヴィアは低く云った。

「私は……漂泊の民じゃない。私のなかにはヨウィスの血は流れていない。私は……あなたと一緒にゆくことはできない。マリニアがいるかぎりは。お父さまがおいでになるかぎりは」

「――わかった」

マリウスは云った。

「それでも、愛してるよ、タヴィア。――それだけは信じてほしい。マリニアも愛しているし、君とどこまでも一緒にゆきたいといつまでも願っている。君がそう思ってくれないことをとても悲しく思う。……さよなら」

「さよなら、マリウス」

オクタヴィアは聞き取れぬほどの声でつぶやいた。

「さよなら」

第三話　カルラアの戦士

1

「オクタヴィアさま」

室に入ってきたオクタヴィアのようすをみて、はっとして、ハゾスは立ち上がった。

「——何でもありません。ハゾスさま」

オクタヴィアはかすかに微笑をみせた。そして、女官たちのあいだで、おとなしく絵本を眺めながら待っていたマリニアに目をむけた。まだ、マリニアには文字はまったく読めないのだが、絵本は大好きで、絵本さえあてがっておけば、いつでも御機嫌だったのである。

きょうはマリニアは白いドレスに水色のサッシュベルトをむすび、髪の毛を両側に結んでやはり水色のリボンをつけていて、特に可愛らしかった。その天使のようにあどけない、人形のようにきれいなすがたに、オクタヴィアはじっと目をやった。

（あのひとは……あのひとは、さいごにひと目マリニアに会いたいとさえ、云わなかったわ……）

そっと、彼女はつぶやいた。それから、心配げにのぞきこもうとしているハゾスに気付いて、こんどははっきりと微笑んだ。

「何も御心配いただくことはありませんのよ、ハゾスさま。私とマリウスは、もう一緒に暮らすことはできない、という点で合意しました。ケイロニア皇帝の家柄が、離婚という前例がないことはよく存じていますし、彼もそのような法的な問題はどうでもいいと思っているようですけれど、このさき、彼が星稜宮に戻ってくることは基本的にないと思います。——ああ、でも誤解なさらないで」

ハゾスがあわてて何かいおうとするのをさえぎるように、オクタヴィアは続けた。

「私たちは、お互い愛し合っているし、お互いの伴侶はやはり相手しかいない、ということについても確認はいたしましたの。だから、喧嘩別れしたり——そうですね、決裂した、というわけじゃあないんです。ただ、彼は結局のところ、ともにさすらってくれる生き方をしてくれる女性を求めているし、私にはそれに応じることが出来ない、ということだけだったんですね。——きょう、会ってよかったと思います。またいろいろなことも考えましたし、彼についても、自分自身についてもとてもたくさんのことがわかりましたの」

マリニアは、ふいに母親を見つけた。

耳のきこえぬマリニアには、オクタヴィアの入ってくる音は聞こえなかったのだ。だが、気配でふりむくと、マリニアの愛くるしい顔に満面の笑みがひろがった。マリニアが、絵本を放り出して突進してくるのを、オクタヴィアはいとおしくていとおしくてならぬように両手をさしだして待ち受けていた。

「おお、マリちゃん」

オクタヴィアは微笑みながらしっかりとマリニアを受け止め、抱き上げ、抱きしめた。

「なんていい子なんでしょう。――お母様がいなくて、寂しかったのね？　でもなんてお利口に待っていてくれたんでしょうね。いい子、いい子。――マリちゃんは本当にいい子」

「しかし、その――なんと申し上げてよいか……」

「あの人は、私にとっては、ときどきとても思いがけぬ発見をさせてくれる人ですのよ」

オクタヴィアは苦笑した。

「それは、あの人について、だけではなくて、自分自身についても。私、自分がこんなにも――なんというのかしらね、保守的で、岩にはりついた草のように頑強に、どんな場所ででも与えられた場所を後生大事と守ってゆこうとするような、そういうたぐいの人間だとは思ってみたこともなかったのよ。でも、あの人と話をして、いま、私は、なんだかとても無力感と同時に、自分を嫌いだと思っているの。駄目なやつだ、しょうのないやつだ——そして、つまらないやつだと。私の半分は、恐しいことにこのいとしいマリニアをさえ放り出して、あの人の望むとおりの漂泊の旅へ、腰に剣をつるし、男のかっこうをしてついてゆきたいと願っている。そして残り半分は、『そんなことは出来ない。私にはマリニアがいる。お父さまがいる。そしてケイロニア皇女としての責任というものがある』と叫んでいるんです。私、二つに引き裂かれてしまったわ」

「それは、しかし」

ハゾスは憤慨して云った。

「それはしかし、まことにごもっともな、正常な、とてもまっとうなお考えではございませんか。どうして、そのことで御自分を責められることがあるのです。——オクタヴィア殿下はきわめて正常に、御自分の立場や、責任や、愛情について考えておられるだけのことではありませんか。漂泊の吟遊詩人はいざ知らず、私ども、貴族の家、皇族の家、支配階級の家柄に生まれついたものには、生まれながらの責任というものもあれば、義務というものもある。私は、そのことを重荷に思ったことはございません。むしろ、ずっと誇りに思ってきました。選帝侯ランゴバルド侯家の長男、という血についても、そして栄光あるケイロニアの宰相職をまかされたことについても。ひたすら精進し、その地位にふさわしくありたいと念じております。つねに私の目の前にはアキレウス陛下という素晴しいお手本がおありになります。——それが、どうして、非難されるべきことにならねばならぬのですか。ケイロニア六百万国民のひとりとして、オクタヴィアさまの決断を賞賛し、感動しこそすれ、それを非難したり、批判したりするようなものはございますまいに。立派なお考えです——たいそう誠実な、そして、皇帝の息女たるにふさわしきおふるまいだと存じますが」

「そうね、ハゾス侯。それはそのとおりなのでしょう、きっと」

オクタヴィアは悲しそうにマリニアを抱きしめた。マリニアの甘い香りと、そしてあたたかさだけが、彼女に仄かな慰安をもたらしてくれるかのようであった。

「でも、女心というのはまたおのずと別のものであるようだわ。——というか、きっと私のなかの女心というのは格別に愚かなものなのかもしれないわね。私は、やっぱりあの人を愛している——のだと思うわ。顔をみていて、やっぱり、いろいろなことを思い出してしまいましたもの。——楽しいことばかりではなく……甘い愛の夢や、むつごとや、そんなやさしい思い出ばかりではなくね。私が嫉妬したことや、あの人が裏切ったことや、もっとにがい苦しみや失望や失意や——そういうものがまだこんなになまなましく存在していたので、ああ、私にとっては、まだあの人はかかわりのない人なんかではない、私にとっては、まだあの人こそが、唯一の夫であり、マリニアの父なんだなとわかったのよ。もう関係のない他人だと思うことができたなら、私はたぶん、あの人がどうしたってどうだってかまわないと思うでしょうね。でも、まだそうじゃない。私はまだ――」

　オクタヴィアはマリニアを抱きしめるようにして、そのかげに顔を埋めてしまった。ハゾスは心配そうにのぞきこもうとしたが、遠慮して、困惑したように首をかしげた。

「大丈夫ですわ、ハゾスさま。私のことは御心配いりません。さすがにちょっと感情的になっていますけれど、こんなのは何日か、何ヶ月かすればすっかりうすらいでしまうでしょうし、何年かたったりしたらもう、ただの思い出でしかないわ。どんなに恐しく辛い思い出でさえ時が追憶にしてしまう、ということは、私は、これまでの辛かった人生の時期のなかで何回も学びましたの。最初はそう認めるのがイヤだったけれど」

「オクタヴィアさま……」

「まだ、一応……あの人が帰ってくる余地だけはどこかに残しておいてやりたいと思うの、おろかしい女心ね」

　オクタヴィアは苦笑して、涙のかけらをはらいおとし、心配そうに顔をあげて母親をのぞきこもうとしていたマリニアを安心させるように微笑んだ。

「なんでもないのよ、マリちゃん。お母様は、ちょっとだけ――ちょっとだけいろいろ考えごとがあっただけなの。心配しなくていいのよ。何も悪いことはないの。あなたにだけは、何も悪いことはないのよ」

「オクタヴィアさまがお気の毒で……」

ハゾスはまだ、胸中の鬱憤をぬぐいきれなかった。

「何一つ悪いことなどしておいでになりませんのに。どうして、そのようなことに……」

「それは、でも、私のせいだわ。私が、あのような人を——ひばりみたいに旅から旅へ、歌って、愛して、自由奔放に、何ものにも縛られずに生きてゆくことをしか望まない人を愛してしまったからだわ。そうね、あの人のいうことはいつだってある意味正しいのよ」

「どこが……」

「まあ、そう云わないであげて、ハゾスさま。あの人は正しいわ。私がもし、本当にあの人を愛しているのだったら、私はやっぱり、ケイロニア皇女であることを捨てるべきだったのだと思います。そのふたつは決して両立しないんだわ。ケイロニアの皇女であり、アキレウス・ケイロニウスの娘であり、そしてマリニアの母であることと——そして、マリウスの人生の同伴者、同行者であることは。もう、いいんですのよ、ハゾスさま。私は、選んでしまいました。もう後悔はしません。いつだって、自分で選んだことに後悔するなどというのは私のやりかたのなかにはなかったわ。私はだって、アキレウス・ケイロニウスの――ケイロニア獅子心皇帝アキレウス大帝の娘なのですもの。選んだからには、それにともなう犠牲をも笑って受け入れなくてはいけないと思います。選んでから、さらに、その選んだことで失ったものを惜しんでくよくよするような卑怯未練の者にはなりたくないわ。お父さまを失望させないためにも」

「――私の知っているこの世で最高の貴婦人のおひとりは、このようないわれもない苦しみを引き受けねばならず」

思わず、ハゾスはつぶやくようにいった。

「そしてもうおひとりは、未亡人として、誰よりも愛する夫を失った哀しみに耐えていられる。――なぜ、このように素晴しい、聡明で勇気にみちた美しい女性たちが、こんなつらい運命にあわなくてはならないのでしょうか？　私には不明にしてわかりません」

「未亡人として――って、先日会ってこられた、パロの女王、リンダ陛下のことね」

オクタヴィアはちょっと興味を引かれて云った。

「たいそう美しい女王だとうかがっていました。それから、お父さまからも、ハゾスがすっかり夢中になってしまったらしいぞ、と。ごめんなさいね、ハゾスさま、お気を悪くなさったら失礼。お父さまらしいからかいをなさっただけなのよ」

「私がリンダ女王陛下に許し難いような思いを抱いた、というようなふうに思われさえしなければ、べつだん真実ですからかまいませんとも」

ハゾスは苦笑して云った。

「そのことは陛下もおわかりになっておられるはずですし。――私は、ただ、なんと申しましょうか、淑徳、と申しましょうか……いまどきの娘どもにはとうてい理解しがたい話かもしれませんが、貞節、貞潔、凛然、毅然、といったそういうことばこそが、私ども騎士が剣を捧げ守るべき貴婦人の理想なのだ、と思うだけのことです」

「……………」

「オクタヴィアさまとリンダ陛下こそ、この世でもっとも幸せになられるべきおかたでありますのに、なぜ、このような悲しい運命におあいになるのか――それが、私には、あまりにも運命の神の残酷な試練のようにしか思われぬ、ということなのですがね……」

「おお、そう」

ふいに、驚いたようにオクタヴィアは叫んだ。そして、母親の動きに驚いて顔をあげたマリニアをまた安心させるように抱きしめた。

「なんてことでしょう。私、いまのいままで少しも気付かなかった。――あのかたは、クリスタル大公アルド・ナリスさま――いえ、神聖パロの王、であられましたね、神聖パロ王アルド・ナリス陛下の奥様で――ということは……なんてことかしら、リンダ女王は、私にとっては、義兄の妻、つまりは兄嫁にあたられるのだわ、そうではない？」

「それは、まことにそのとおりで」

「なんだか——不思議なことね」

オクタヴィアはなんとなくうっとりとしたように、つぶやくようにいった。

「まだかけちがってお目にかかったことはないけれど——中原一とうたわれるほど美しいかただと聞いている。あでやかで、たおやかで、クリスタルでもっとも優美な貴婦人、という称号を持って居られるかただって。……私などはとうてい田舎そだち、及びもつかないでしょうけれど、遠いクリスタルに、まだ見ぬ兄嫁……年でいったらあちらのほうが下のはずだけれど、そんなふしぎなご縁でつながれたかたがおいでになると思うと、なんともいえないほど不思議な気分になるわ。ということは……マリちゃんはリンダ陛下からは義弟の娘、つまりは姪にあたるのだから、リンダさまは伯母様、ということになるわけなんだわ」

「なんともまた、お美しい親戚つながりもあったもので」

感嘆してハゾスは叫んだ。

「オクタヴィアさまとマリニア姫、そしてリンダ陛下が一堂に会されるところをぜひともそれがし、拝見したいもので。この世でもっとも華麗にしてうるわしい見物であるに間違いございませぬ」

「そうね……その兄嫁は私よりももっとずっと悲しい思いをなさっているんだわ」

ふしぎそうな表情で、遠くを見つめるようにオクタヴィアはつぶやいた。

「とても愛し、愛された、深い深い愛情で結ばれた理想的なご夫妻だとうかがっていました。何よりも、マリウスが、ものすごく兄上に——なんといったらいいのかしら、兄上を崇拝していてね。そもそも最初に私を好きになってくれたのからして、ちょっとぼくの兄を思わせる、などといってくれて——あとでその兄というのが一体誰のことなのか知ったときには茫然としたものでしたわ。いったい私のどこが、そんな、中原一の貴公子、美神といわれたような人に少しでも似ていたのかって。——もしかしたら、髪型かもしれないけれど」

オクタヴィアはおかしそうに笑い出した。そしてだいぶん落ち着いてきたようだった。

「でも、そんな美しく、素晴らしくなんでもお出来になる傑出した御主人を、リンダ陛下は、それほど深く愛しておられたのに、そのナリスさまが何でしたっけね、陰謀によって拷問を受けて——足を切断されたのでした？　それで、寝たきりになられたり、その後、その御不自由なからだで反乱軍をひきいて神聖パロを樹立されたりするのにずっとつきそっておられて——そして結局、そのかたに先立たれてしまって、未亡人になられたわけね。あのお若さで——私なんて、そう思ったらなんて贅沢なのかしら。愛する偉大な父上にしっかりと守られ、もったいないほど愛していただき、こんな可愛いマリニアまで恵まれて――そして夫も健在で……その夫の素行がどうとか、性格があわないとか、そんなつまらないことで悩んでいるなんて。リンダさまに知られたくないくらいだわ。義弟の嫁ともあろうものが、そんなになさけない、つまらない女だなんて思われたくない。……そうですねえ、ハゾスさま、ハゾスさまにしてみれば、国策上からは、マリウスと私がきっぱりと離婚してしまうほうがきっとよろしいのかもしれないけれど……なんだか、私、そう考えると、マリウスと別れてしまえば、あまりにも不思議なヤーンの縁によって奇しくも結ばれたリンダさまとか、パロの人びととのそういうゆかりも途切れてしまうのだと思うと、やっぱり、運命がどのような変転を見せるかを楽しみに、いまのまま、名目上だけでもマリウスの妻でいたいような気がするわ。マリウスがどう思うかはわからないけれど」

「それはもう……」

ハゾスは慎重に云った。

「とりあえず、ケイロニア国法としましては、皇帝家の一員の離婚というのは、認められておりませんから――ただ、ササイドン伯爵を返上いただき、ケイロニア皇帝家の皇族としての全ての権利と、皇位継承権についての干渉権といったものを抹消させていただく、という条件さえのんでいただければ、ササイドン伯爵としてではなく、それこそ一介の吟遊詩人マリウスどのとして――マリニア姫の父君である、という事実は、たとえ離婚が成立したとしても、変えることはどのみち出来ないわけですし——御当人は、どうやら、ヴァレリウス卿の話によれば、パロの王位継承権をも放棄したい、という御意向のようですし」

「あの人は、きっと、あの王家に生まれてしまった、というのがそもそも間違いのもとだっただけなのね」

溜息のようにオクタヴィアはつぶやいた。

「そのへんのごく平凡な家柄に生まれて、しょうのないやつだと見限られてとっとと吟遊の旅に出ていってしまっていれば——きっともっとずっと、あの人は幸せだったんだわ。そうでしょう？　そう思うと、もともとそう思ってパロ王家を捨ててきたあの人を、もう一度、こんどはさらにややこしく複雑なケイロニア皇帝家などにかかわらせてしまうことになった、というのは私のとがだったなという気がして、申し訳ない気がしてくるわ。……私もまた、アキレウスの娘でさえなかったら、もっとずっとものごとは簡単だったのでしょうにね。あの人と一緒に生きてゆくにせよ、そうでないにせよ。——でも何をいうにもくりごとね」

オクタヴィアはほっと吐息をもらした。そして、いまはもうおのれには、これしか残されていないのだ、と確かめるように、しんそこいとしげにマリニアを抱きしめた。マリニアは、何の話がやりとりされているのか、当然まったく理解しようはずもなかったが、なんとなく母親の気分を感じているようすで、心配そうに首をかしげてのぞきこんだかと思うと、一生懸命母親を慰めようとするかのように、可憐な笑い声をたてた――それは、マリニアに出すことの出来る唯一の音声だったのだ。

「まあ」

オクタヴィアは涙ぐみながらマリニアをかたく抱きしめた。

「いい子ね。なんて、よい子なのでしょう。――お母様を心配してくれているのね。わかるわ。あなたがことばをしゃべることができなくても、お母様にはちゃんとわかるのよ。あなたの気持は」

「それでは、失礼して、わたくしマリウスどのと話をさせていただくことにいたします」

ハゾスはかるく会釈して云った。

「そして、なるべく双方に傷にならぬような方法で話を決着させるようにと……それで、よろしゅうございましょうか？　わたくしにご一任いただいても、ご異存はございませぬか」

「何も。ハゾスさま」

オクタヴィアはきっぱりといった。

「私はもうこの件――というか、マリウスのことについては、一切かかわりは持ちません。どのように決定なさっても——ケイロニアの国策のためによろしいように、もし国法をかえて離婚を成立させることになろうと、このままでいろとおっしゃられようと——もう、おもてむきのかたちのことなどは私、どうでもかまいません。どちらにしても、あの人は、責任を全うする、というようなことばを理解するとは思えませんし、無理に出来ぬ約束をさせるつもりもないので、たまにはマリニアの顔を見に戻ってくるように、と強制したりもしませんし——でももし顔が見たくなって戻ってくるなら、なんとかして会わせてやりたいとは思います。なんといっても父親ですし——マリニアだって、ものごころついてくれれば、自分の父親はどんな人なのか、知りたいだろうと思いますし」

「オクタヴィアさまは、あまりにも、お心が広すぎます」

思わずすすりあげて、ハゾスは云った。

「おいたわしい。そのように寛大なお心で、お許しになられておられるのが——オクタヴィアさまには何の罪とがもおありになりませんのに」

「夫婦などというものは、罪とがでどうこうなるものではないんだと思うわ。ハゾスさま——ハゾスさまのほうがずっと長いこと、結婚しておられるんですから、私のようなしんまいが、そんなことをいうのは生意気かもしれませんけれど」

オクタヴィアは笑った。

「きれいごとは云っていますけれど、夜になって寝床に入れば、腹の虫がにえくりかえる思いをしたり、どこの誰とも知れぬ、いま彼が愛しているかもしれない女のことを考えて嫉妬で身をさいなまれる思いをしたりするかもしれないわ。でも、それはそれとして——彼を選んでしまったのは私だったし、そしてもう彼とともにゆけなくなったのも私。それについては、彼のせいにするつもりはないの。それに彼は私にマリニアをくれたのだし——考えてみたら、私は、あのダリウス大公の事件のとき、彼のおかげでいのちをひろって、しかも父にもあわせてもらったようなものだわ。実際には、父にひきあわせてくれたのはグインでしたけれどね。——そのグインも、いま考えてみると私にとってては義弟なのよね。本当にふしぎなことだわ。最初は、私、本当に天涯孤独だと思っていたんですのよ。母を惨殺され、父に見捨てられ、叔父に言い寄られたりして——本当に人間という人間すべてを呪っていたわ。でも、いまは、グインという義弟だの、リンダさまというまだ見ぬ兄嫁だの……亡くなってしまったナリスさまとても、マリウスのご縁から考えたら私にとっても義兄にあたるわけだわ。そしてマリニアがいて、父がいて——こんなにたくさんのものを得ていいのだろうかと思うほどたくさんのものを私は得ることになったのだし、それをもたらしてくれたのはマリウスなのだから……その恩を考えたら、それ以上にあの人を、一個所に定住できないだの、ほかの人のようでないだのといってなじるのは忘恩の徒というものかもしれない。これでいいんですわ。ハゾスさま。きっとこれでいいんです。すべてはなるようになるんだから——父もきっと、私のことを案じておろおろしてくれるには違いありませんけれど、でも、内心では、むしろ、マリウスがいなくなって私とマリニアと水入らずで暮らせるということをひそかに喜ぶと思うわ。べつだんマリウスを邪魔にしていたわけではないけれど、やっぱり、それほど気があっていたというわけではないですもの。――マリウスがいるあいだは、私、けっこう、星稜宮でいろいろ気にして、気に病んであっちとこっちをいったりきたりするみたいになっていて、少し気疲れしていましたわ。こういっては何だけれど、マリウスってね、ハゾスさま、とても可哀想なところがあって、いないと当然妻である私は寂しいし、捨てられた気持がしてとても怒りたくもなるんだけれど、帰ってきて一緒に暮らしはじめると、あの人のいろいろな、いい加減なところ、不誠実なというか、なげやりなところ、身勝手なところ――日常の生活にむかないところが目について、やみくもに怒りたくなるの。あの人はもしかしたら、遠くにいて、いつ帰ってくるんだろうと思っているのが一番いい人なのかもしれないのよ。あの人は、近くで一緒に暮らしているのには向かないの。旅のときだけはそうではないんですけれどね。とてもよい道連れなのだけれど。でも、定住するときには……あまりにもおしゃべりすぎるし、気分屋すぎるし、勝手すぎるわ。そうねえ、これでよかったんだわ、きっと。きっと神様が私たちみんなのためにいちばんいいようにしてくだされたのよ。私、そう思うことにしますわ」

2

「あ――」

　というわけで、ハゾスが室に入っていったとき、マリウスはひとりでぽつねんと物思いにふけっていたが、ハゾスのすがたをみると、あわてて立ち上がった。

「お久しぶりです。ハゾス侯」

「ご無沙汰をいたしております」

　ハゾスは、一応、おのれの仕える偉大な皇帝の息女の夫、という身分の相手に対する礼儀を充分にこころえた礼をした。

「ご一別以来でございますが、ご壮健そうな御様子、喜ばしく――パロにてもかけちがってお目にかかれなかったことをお許し下さいますよう」

「いや、もうあのときはぼくのほうだっていろいろとあったから」

　マリウスは、ハゾスが、いわばアキレウスの代理人としてやってきたのだ、ということを充分にわきまえていたので、いくぶん警戒気味にハゾスを見上げた。

（確かに、みばだけは、悪くないんだがな……）

ハゾスはいささか皮肉な気持で、ひさびさに会うマリウスを眺めていた。

（だが、やはり——私にはどうしても、好きにはなれないな。気質が違う、というのかな……もうそれが、パロ人だからというわけではないんだ、ということはとてもよくわかったが……）

「タヴィアと話してくださいましたか。それとも、やっぱり、アキレウス陛下と会わなくてはだめなんでしょうか、ぼくは？」

いくぶん不安そうに、マリウスはかれとしては珍しく、きわめて直截に本題を切り出した。かれなりに非常に焦って、気が逸っていたのである。

「もしも、グインを捜索にゆく遠征部隊に、ぼくが参加することが難しいというのなら、それはそれで——ぼくはぼく個人として、単身でノスフェラスを目指そうと思います。だから、いずれにせよ、その諾否だけは早めにいただけたらと思うんですが……それに、ぼくの、このの ち——なんといったらいいのかな、このの ち、ケイロニア皇帝家との関係というか、つまり……」

「お話はうけたまわっております」

ハゾスは、もう焦らなかった。

もともとが外交官あがりでもある。このような交渉ごとが、いわばハゾスの最大の職分なのだ。

「いろいろと、殿下のお申し出になられたことにつきましては、実現困難なこともございますようで――また、しかし、われわれケイロニア政府を代表するものとしましても、先日、殿下のお身の上についてもパロのシュクまで出向いて、リンダ女王陛下とのお話し合いをも持たせていただいたことでもありますれば……」

「ぼくは、どうなっても構わない、と思ってます」

マリウスはいくぶん神経質そうにハゾスのことばをさえぎった。

「離婚するならする。しないのならそれでもいい。ただ、とにかく、ケイロニアの皇位継承権への干渉権と、それからパロの王位継承権については、放棄してしまいたい。一刻も早くそんなものをすべて放棄して自由になりたい、一介のマリウス、ササイドン伯爵なんていうものでも、パロ王家の王子でもない、ただの吟遊詩人のマリウスにもどりたい、というのだけがぼくの希望なんですが」

「戻る、と申されるのはいささか強弁と思われなくもございませんね。もともと、たとえパロ王家を出奔され、別名を用いていられたとはいいながら、やはりお血筋というものは、そのようなおことばひとつ、変名をひとつすれば変えられる、というものではございませんですから」

「それはわかっているけれど――でも、あなたがたが心配しているのは、ぼくが、マリニアの父として、万一にも、ケイロニアの皇位やパロの王位を請求したり、それに干渉したり、マリニアが万一その両方を兼ねるような立場になったりしたときに、何か騒ぎを引き起こすのではないか、ということでしょう？」

マリウスはかれとしてはずいぶん冷ややかに云った。

「ぼくは本当は、サイロンに立ち寄らずに、まっすぐにノスフェラスを目指したってよかったんだ。単身で、それこそ一介の吟遊詩人として、勝手にね。だけど、それをしなかったのは、この件について、あなたたちを安心させ、そしてあなたたちが案じているようなことは決しておこりませんよ、といってあげるためだったんですよ。——これをきいたらご安心なさるのではないかと思うけれど、ぼくは、パロを出るとき、リンダに、パロの王位継承権を返上したい、ということを口頭で申し入れてから出てきました。リンダの返事は、『重大なことであるので、重臣たちとも相談の上、返事を考えておく』というものでしたが、ぼくがパロの王子でなくなれば、パロの王位継承権は当然なくなる。そうしたらそれだけで、あなたたちの心配していることは半分がた消滅する。——そうでしょう？」

「………」

「それに加えてぼくが、ケイロニアの皇帝家との公式のかかわり、というのを全部返上する、ということになれば、ぼくは、マリニアの父である、ということは変わりようはないにせよ、ずいぶんとあなたたちの心配しているようなことがらからは関係がなくなる。ぼくが人質にとられて、それをたてにとってマリニアやケイロニア皇帝家に脅迫がくる、というような事件が起きるのではないか、ということも心配されていたようだ、とリンダが云っていましたけれど、それについては、もうぼくとしてはこうとしか申し上げようがないな。たとえ、もし万一そういうことがあったとしても、それは、ケイロニアがその脅迫に屈しなければすむことでしょう。そのためにもしぼくが殺されるなり、危害を加えられるなりしたとしても、そのことについては、あなたたちは責任はないわけだし、ぼくがそれでいいといっているんだから——それで、そんなにあなたたちが悲しい思いをする、自責の念にかられる、ということもないんじゃないのかな。タヴィアに関しては、ついいましがた、ぼくと彼女はさよならを云い、一応——まあ、別れた、ということになるんでしょうね。公式に、法的にどうとかいうことはぼくにはわからないけれど。ともかく、どちらにしても、そうした事件はまだ起こっていないんだし、今後だって起こるかどうかはわからない。まだ起こっていない事態について、あれにそなえるためにこう、これにそなえるためにこうといわれても、ぼくとしては、お返事のしようがないですよ。——だから、それについてぼくの云えるのはただひとつ、もしそういうことになってぼくが殺されてしまうとしても、それはそれでおかまいなく、ご放念下さい、というだけのことだな」

「しかしそのようなわけにはゆきません。もしも万一そのようななりゆきになったとしたら、ケイロニアは全世界から、皇女の伴侶を手もうたずに見捨てた卑怯未練の国家と後ろ指をさされることになるのですから」

「大丈夫ですよ。だから、それは、もう彼は皇女の伴侶ではない、と説明されればいいわけだから」

マリウスは肩をすくめて云った。

「なんだか、ぼくはもうみんな面倒くさくなっちゃった。そもそもぼく自身が望んでここにきたわけではない、ということは何回説明しても、ちっとも誰も本気にとってくれなかったし——ぼくは宮廷にはとてもとてもむいていないんだ、ということも何回もいったと思うし、さいごにはいってしまえば実力行使、という結果になっちゃって、それは申し訳なかったと思うけれど、ぼくは、やっぱり本当に宮廷には向かないんですよ。べつだん黒曜宮が特にどうとかいうだけじゃなくて、要するに、宮廷、というものに。——それはもう、そういうふうに生まれてしまう人間もある、ということで、認めていただくしかないと思うし、タヴィアはようやくそのことを認めてくれたと思うし」

「それについては、ご夫妻のあいだのことはおふたかただけの問題ですので、わたくしは立ち入ろうとは思いません」

ハゾスはいささか不愉快そうに云った。

「もう、それに、いまこの時に及んでは、わたくしも、責任だの、義務だの、ということを殿下に申し上げて時間の無駄をしようとは思いません。確かに殿下のおっしゃられるとおり、面倒くさい、というのは、それは殿下の側だけではなく私どもも同じことと思っていただきたいものですね。ただ、わたくしどもは、ただ単に面倒くさければ万事放り出してそれでおしまい、というようには参りませんので、手続きなり、きまりごとなり、というものはやはりなんとしてでも守ってゆかねばならぬのです」

「ずいぶん、面倒くさいんだね」

また、マリウスは肩をすくめて云った。

「でも、とにかくぼくは、ぼく自身の身柄がどのような立場になろうと、法的にどういう権利を剝奪されようと、決して何の文句もいわないし、抗議もしない、またそれを取り戻そうとして戻ってきたりもしない、ということについては、誓約書をいれてもいいです。だから、とにかく、ケイロニアの皇族としての権利と義務については、切ってくださったらありがたいな。マリニアの父権というものは、どうなんだろう——面会する権利、だけたまに残しておいて下されば……べつだん戻ってくるたびに父親として扱ってくれ、なんてこともいうつもりはないんだけれども」

「こういうことは云いたくありませんが……」

ハゾスはたまりかねて云った。

「ひとことだけ、申し上げてもかまいませんですか。――マリニア姫のことを、父親として、可愛いとはお考えにならないのでしょうか？　あれほど、たぐいまれなほどにかわいらしく、ご利発な姫君ではありませんか。……ひとの、親の情として、いとしい、可愛いとお感じになるお気持というのは……」

「むろんありますよ」

いくぶんむっとしたようにマリウスはいった。

「だから、会わないでゆこうとずっと思っていたんだ。いま会ってしまったらいろいろな決心がぐらつくだろうし――マリニア可愛さにまたしても、自分自身の決めたことをくつがえしてしまうかもしれない。そうしたらでも、それはもっと皆さんに難儀をかけることになるでしょう？　だってどうせぼくは、そう長いことはここにもパロにもとどまってはおれない。きっとまたどこかにいってしまいたくなるんだから」

(なんだか、こいつ、開き直ったのかな)

思わず、ハゾスは内心考えずにはいられなかった。

(前よりもずいぶんと云いたいことをいうようになった――以前から、それはたしかにとてつもないほどよく喋る男ではあったが……でも、前よりも、なんというか……思ったことをずけずけというようになって、そのほうがまだ――いささかなりとも、私にはまだましに思えるな)

「私には、どうしても、その、どこかに行ってしまわれたくなる、というのは、申し訳ないことながら理解いたしかねるのですが……」

ハゾスは苦笑して云った。

「しかし、そのようにわが子への思いはあられても、オクタヴィアさまへのお気持もおありでも、それをふりきってまで、漂泊せねばならぬ、というような気質をもたれてしまう、というのは、それなりにしんどいことなのかもしれませんなあ。まあ、いずれにしても、私のごとき朴念仁にはとうてい、芸術家である吟遊詩人の心情は理解いたしかねるのですが」

「それはもう、ぼくからも、ずっとひとつところに定住し、いつまでもそこで満足していられる人たちの気持、というのはとうてい理解できないのだから、同じことですよ」

マリウスはふっと溜息をついた。

「べつだん、ここが嫌いなわけでも、あなたがたが酷い人たちだと思ってるわけでもないんだ。そのことだけはわかって下さい。それは、生まれ育ったパロをも、あんなにいまつらい立場にあるリンダをも置いてきてしまったくらいなのだから、少しでも想像力があれば、想像していただけるのじゃないかと思うけれど。——でも、ただ、とにかく同じところにとどまっているのがイヤなんです。というより、できないんです。ずっとくる日もくる日も、同じベッドで目覚め、同じ町を見ている——同じ街角を歩いている。

そうすると、なんだか、からだのなかにうずうずしたものがたまってくるんだ。しかも、ここでは、町角を歩き回ったりすることも自由ではなかった。ぼくにとっては、それはまるで牢獄に閉じこめられているにもひとしい仕打ちだった。どこかにゆくにもいちいち外出願いを提出して許可を貰わなくちゃいけなくて、おまけにお付きをつれて馬車でゆくなんて——何のために二本の足があるんだかわかりゃしない。ぼくは、とにかく、そういうことには向かないんですよ。そのことをなんとかしてわかってもらおうと——タヴィアにも、あなたがたにもね——ずっと努力してきたと思うんだけれど、結局のところ、それは不可能だった。それはだから、あなたがぼくの気持を理解できないのと、ぼくがあなたたちのことを理解できないのは同じことだと思うんだ。だからこそ、ぼくはあなたたちと一緒にいるべきじゃあない。そんなことをしたって何にもならない。お互いに、あなたたちはぼくが目障りで不幸になるだけだし、ぼくは自由を失って不幸になる、それだけのことなんだから」

「それは——そうかもしれませんけれどもねえ……」

なおもなんとなく釈然としない口調で、ハゾスは云った。だが、すでになかばは諦めていた——というよりも、すでに、この上マリウスを慰留しよう、という気持のほうは、最初からハゾスにはほとんどなかった。

「いずれにせよ、ノスフェラス遠征に参加される、ということについては、公式にということになれば、ではどのような資格でというようなことにもなってくれば、また、何かあったときの問題もこじれてくると存じます。申し訳ないことではありますが、これについては、あくまでも非公式の立場で参加される、まあ、いわば、遠征部隊についてゆくのを遠征部隊が黙認する、というようなかたちでしか、お認めすることが出来ないと思うのですが。これは非常に重大な任務をもった遠征部隊ですから——そして、殿下——ではなくなられるにせよ、武人でもなくなんらかの任務を帯びているわけでもない一般人の参加者を、護衛したり、保護したり、あるいはただ単に兵糧ひとつにしても、一人分余分に持ってゆくのかどうか、馬はどうするか、馬車は出せるのか、もろもろの必要物資の運搬はどうするか、というような問題が発生します。——申し訳なき仕儀ながら、ケイロニア皇帝家と関係がなくなる、ということは、そうした部分においても、ケイロニア政府が殿下の御面倒を見ることはいたしかねる、ということになると思うのですが」

「それは、かまわないよ」

マリウスはほがらかにうけあった。

「ぼくはすでに、グインとともに北方諸国を旅したこともある。サイロンに最初にやってきたとき、ぼくたちはともに旅した氷雪の北方からの帰りだったんだ。だからあちらのことはよくわかっているし、それはたぶんあなたたちよりずっとよくわかっていると思う。それに、食糧だの、馬だの、そんなものはぼくが自分自身でどうとでもできるさ。だって、それが《自由》というものなんだからね。――そしてぼくはただひとり、のちにはタヴィアと二人、長いあいだそうやって世界中を旅してきたんだ。むろん護衛もなければ、兵糧を運んでくれる部隊もいない。そしてぼくは好き勝手に歌ったり踊ったり、時には愛を語ったりしておのれのくいぶちをかせぎ、楽しく暮らしてきた。それこそまさにぼくのしたかったことなんだからね。むろん、こんどは一兵士として遠征部隊に加わりたい、なんていっているわけじゃあない。戦うのはごめんだ。ぼくにできるのは戦うことじゃないし、それにぼくが遠征についていって、早くグインを救出したいと思うのは、グインにさまざまな恩義があるからであって、ケイロニアへの忠誠だの、パロへのなんとかなどのためじゃない。いうなれば、まったく個人的なもので――だから本当は、あなたたちにそれについて許可をえたり、断らなくてはいけないとも思っていない。ただ、その前に、ぼくは、タヴィアとマリニアのことについてだけはちゃんと決着をつけておきたいと思ったんだ」

「それは、結構なことでしたね」

いささかつけつけとハゾスは云った。

「ともあれ、われわれの側の決着と申しますか、結論というのは、さいぜんから申し上げたとおりですが、ただ法律上の問題とか、また手続きなどについては、これはむしろ私どもではなくアキレウス陛下の裁量をおまちすることになると思います。それに、私の心情といたしましても、老いた陛下にいろいろとご心痛をおかけになったわけですから、それについては、それこそ、マリウスさま御自身で決着をつけてから出立されていただきたいと希望するものでありますが」

「ぼくに、アキレウス陛下と会え、というの？」

いくぶん鼻白んで、マリウスはいった。

「それは、御予定には入れてらっしゃらなかったのですか。しかし、このような重大なお話ですから——ケイロニウス皇帝家の家長であられるアキレウス陛下をぬきにしてお話をすすめられるわけには参らないのではございませんか」

「それは、そうなんだけれども——」

マリウスはちょっと困惑したようにいった。それから、ちょっと考え、ふいに何を考えたか、表情が明るくなった。

「いいよ」

彼は云った。

「それなら、アキレウス陛下に会って、直接にぼくの思っていることを申し上げて、そして、いろいろ本当によくしていただいたのに、それにおこたえすることができない結果になった、ということについては、申し訳なかった、とおわびは云ってゆきたいと思う。確かに陛下はとてもよくして下さったし、いつもたぶん、ぼくのことがそれほどお気に召してはおられなかったと思うんだけれど、本当に親切に、忍耐強くしてくださった。タヴィアを幸せにする、という責任は果たせなかったかもしれないけれど、でも、少なくとも、うんと不幸にする、というようなこともしなかったとは思うんだよ。そう思うと、ぼくも陛下にはいろいろ申し上げてからゆきたいなと思うこともあるし——もうひとつは……」

「………」

「ひとつだけ、お願いがあるんです。ハゾス侯」

「何でしょうか」

「ぼくは——ひとつだけ、どうしても、陛下に承知していただきたかったことがあったんだ」

「それは、どのようなことでしょうか？」

ハゾスはいささか警戒心もあらわにいった。マリウスはかすかにほほえんだ。

「もしもそれなら黒曜宮に来いということだったら、それはそれでやぶさかではないけれど——出来ればもっと、そんなふうにかしこまっていないところで……陛下に、ぼくは……」

マリウスはちょっと頰をあからめた。

「ぼくは一回でいいから、アキレウス陛下に、ぼくの歌を聴いて欲しかったんだ」

「歌」

ハゾスはちょっと仰天して叫んだ。

「歌、でございますと」

「そうです。ぼくは詩人です。——ぼくから歌をとったら何も残らない。だけど、この宮廷にいるあいだ、結局のところ、誰ひとりとして、ぼくが何ものであるか、ということについても、ぼくが何をする人間で、どうやってたつきをたて、何をよろこびとし、何を好きだと思っているのか、そういうことについても、まったく興味を示してくれなかった。ぼくが何ものであろうとなかろうと、あなたがたにはどうでもよかったんだ。——それをいったら、タヴィアにさえそうだったのかもしれないんだけれど。ぼくはサイロンを出ていったのは、ひとつには、『このままここにずっと暮らしていたら、ぼくの歌は死に絶えてしまう』と思ったからだった。誰も、ぼくが吟遊詩人であるということは知っていても、それがどんなことなのか、ではぼくはどういう歌を歌うのか、そんなことは、知ろうと思ってさえくれなかった。一度だって、『歌っておくれ、マリウス』とぼくは云われたことはなかった。ぼくにとっては、いつだって、そのことだけが生きているあかしだったのに」

「………」

返答に窮して、ハゾスは黙り込んでマリウスを見つめた。

マリウスの頬には血の色がさし、その茶色の目は前の倍もきらきらと輝き出していた。

「もう、ぼくは行ってしまって——そしてもう戻ってこないかもしれない。それはべつだんぼくが戻ってこようとしない、っていうことじゃなくて、ノスフェラス遠征などといったらどんなに危険なことかくらい、ぼくだって知っているんだから——あだやおろそかでそれにくっついてゆきたいなんていっているわけじゃない。ぼくはぼくなりに、そうは見えないかもしれないけれど、なんとかしてグインに——大切な友人であり、いまとなっては義兄弟でさえあるグインに助かって欲しい、という一途な気持でゆくことなんだ。だから——それだけに、その前に、一度だけでも、ぼく、とは何ものだったのか——ご縁あってアキレウス陛下の婿になったのはどのような人間だったのか知ってほしいとずっと願っていたんです。戦士なら戦場で戦ってその真価をとわれる。だけどぼくは歌い手だから、カルラアの祭壇でだけそれを発揮できるんだ。そして、ここでは、ぼくはまったくカルラアとのきずなを確かめることさえ許されなかった。——黒曜宮にいってもいいし、どこにでも、来いと云われたところにゆきますから、アキレウス陛下に——そしてできればタヴィアとマリニアにも、さいごにぼくの歌をきいてほしい」

「しかし——マリニアさまは……」

「大丈夫。音がもし聞こえなかったとしたって、必ず何かを感じてはくれるさ。あの子は、ぼくの子なんだもの」

マリウスはうけあった。ハゾスは、どう答えたものかとためらって、くちびるをかみしめた。

そのときであった。

「マリウス」

重々しい声がかかって、奥の室に通じる扉がさっと両側に開かれたのだ。

「へ、陛下。どうして――いつここへ？」

思わずハゾスは叫んだ。あらわれたのは、黒衣のローデス侯ロベルトをともなった、紺色のびろうどのマントをかけたアキレウス皇帝であった。

「ロベルトに、つまらぬ意地を張って居らず、どちらから出掛けるなどということに時間をとらず、遠征軍を早く出してやるためにも、わしのほうから風待宮に出掛けてマリウスと話をしてみたらよい、とすすめられたのだ」

アキレウスは云った。

「ロベルトはつねに正しい。――それで、わしは、このさい、皇帝の体面だの、婿へのたてまえだの、という下らぬことはうっちゃってしまうことにしたのだよ。だが、来てよかった。その話は、わしも何か心にひっかかっていた。わしもマリウスの歌をきいたことがない。もっと早くに、聞かせてくれというべきだった。聞かせてくれ、マリウス。

そして、出来れば、マリニアにも、オクタヴィアにも聞かせてやってくれ。お前が何者であるのか、そして、なぜ、お前がこうしなくてはならないのか、ということをな」

3

「かしこまりました」

マリウスは即座に声をはずませて云い、立ち上がった。

「待って下さい。キタラをとってきます」

「それは、どこにあるのだ？」

「ぼくの部屋に——どこにゆくにも、一緒なんですから。むろん、パロからもずっと、肌身離さず持ってきました。ぼくにとっては、一番大切なものですから。命の次に、いえ、時には、命よりも大切に思えるときがあるくらいに」

マリウスはちょっとはにかんだ微笑を見せると、そのまま、かるく会釈して、室を出ていった。

ハゾスはなんとなくことの展開にめんくらいながら、ロベルトを椅子に座らせてやっているアキレウスを見上げた。

「陛下……」

「確かに、マリウスのいうにも一理ある」

アキレウスは静かに云った。

「考えてみるとわしは、マリウスと二人で話したことがただの一度もない。いつもかたわらにはオクタヴィアがいたし、わしも頭から、話があおうはずもないと決めつけていたかもしれぬ。わしの側にも、所詮は野暮な武人であるわしと、音楽技芸をわざとするような婿どのとのあいだに、話や気持が通じ合うはずもない、という頭からの決めつけがあったのだな。……マリウスが、そのように云うのももっともだ。わしとても、たとえばわしが何ものであるのか、何をもっとも得手としているのかも知られることも、知ってくれようとすることもなく、誰かとともに暮らさなくてはならぬとなったら、しだいに鬱屈してくるかもしれぬ」

「しかし――」

ハゾスはちょっと不平そうに言いかけたが、首をふって、かるく微笑んだ。

「よろしゅうございます。ともかく、陛下がそのようにお考えなのでございましたら――

――では、オクタヴィアさまと、マリニア姫をお呼びしてまいります」

「おお、すまぬな」

「なんの、お安い御用でございますから」

ハゾスは身軽に立って室を出ていった。

オクタヴィアはまだ、もとの室で、マリニアをあやしながら、そろそろ黒曜宮に戻る用意が出来たと呼びにくるのを待っていたから、話のしだいをきいて驚いたけれども、そのまま室に戻ってくるのにいくらもかからなかった。オクタヴィアがマリニアを抱いて、室に入っていったときには、マリウスが、キタラを大切そうにかかえて反対側の戸口から入ってきて、そして早速低めの椅子を選んで腰掛け、キタラを膝にかかえて調絃をはじめているところであった。

オクタヴィアの腕にかかえられたマリニアをみても、マリウスは、ちょっと目もとでほほえんでみせただけであった。そして、黙って調絃を続けた。オクタヴィアはマリニアを膝に抱いたまま、アキレウスの隣の椅子にそっとかけた。反対側によりそうようにしてロベルトが腰かけ、そして、ハゾスは少しはなれた戸口近くに座をしめた。

キタラを手にした瞬間に、マリウスという若者の上に微妙な変化がおきたことは、ハゾスにさえはっきりと感じ取れた。人格がかわったような――とは云わないまでも、何か、明らかに、マリウスにとっては、手にしたキタラがあらたな力、彼本来の人格を引き出すなんらかの力をあたえてくれたかのようであった。マリウスは、急にゆったりとして、そしておろおろしたところも、妙に開き直ったようなところもなくなった。ただ、そのかわりに、おのれのもっともいるべき場所にいて、なすべきことをしている人間の落ち着き、といったものが全身にみなぎった。そのようなマリウスを見たことがあるのはむろん、オクタヴィアだけであっただろう。

マリニアは物珍しそうに、母の膝、というもっとも安全な神殿から、目を大きく見開いて、この光景を見つめていた。久々に会うマリウスが父親だとどのていど認識していたのか、マリウスが出奔したときには、まだマリニアはほとんど物心のつかぬ赤ん坊であったし、いまもまだ、そこからちょっと多少毛の生えた程度のものであったから、生まれてからしばらくもそばにおらず、そのあと突然一緒に暮らすようになり、それからまたいくばくもなく目の前から消えてしまったかれのことを、どのように認識しているのかは、口のきけぬマリニアに確かめてみるすべもなかった。だが、マリニアは、おそれげもなく、そしてひどく興味深そうにキタラと、それをかかえたマリウスを見つめていた。

「マリニアはぼくのキタラをきくのはひさしぶりだね」

マリウスは調絃の終わったキタラを抱え直しながら微笑んだ。

「きっと、からだじゅうで何かが伝わってくれるとぼくは信じている。だってぼくの子供なのだもの。カルラアに愛され、カルラアに仕えるために生まれてきたぼくの子なのだもの。——そうだな、何を歌おうかな。……ちょっと喉ならしと小手調べに、軽い昔の歌を聴いて下さい。ぼくのとても好きな歌だから」

マリウスは、かるくキタラをかきならした。それから、きちんと膝の上にかかえて、その器用な美しい指を自在に動かしはじめた。

室のなかに、ふいに、優雅な、そしてかろやかな旋律があふれた。ハゾスは目を細めて、検分するようにマリウスのようすを見つめていた。どうしても、ハゾスにとっては、伶人などというものはいかがわしい、一格下の——まともとはとうてい云えない職業の人間、ヨウィスの民とおっつかっつの賤業の人間、と見る目をまぬかれることができなかった。ハゾスの選帝侯としての人生にも生活にも、伶人とか、音楽などというものはまったく大した位置をしめていなかったし、それはひとりハゾスだけではなく、ケイロニアの文化のなかには、あまりそうした歌舞音曲をたっとぶ風はそもそもありはしなかったのだ。

だがマリウスはもう、室内の様子にも、居並んだ人々の誰にも注意など向けなかった。すでにマリウスの目はなかばとじられ、かれの魂はすでに他に誰もひとのいない、どこか遠い場所にむかって旅立ってしまったかのようだった。いくつかの和絃をあまり意味もなくかなでてから、マリウスの器用な熟練した指先は、おのずとひとつの美しいメロディーに結集していった——はっとオクタヴィアは目を見開いた。それは、何年か前にこよなくケイロニアの民衆に愛されていたあの懐かしい曲——「サリアの娘」であった。

（マリウス……）

オクタヴィアは思わず、なにものかがどっとおのれの胸のなかにあふれ出てくるのを目をとじてこらえた。音は、まるで、古い昔の肖像画をいきなり目のまえにつきつけられたかのようなふしぎな作用を彼女にもたらした。懐かしい、軽快な、やさしい音でかなでられる物悲しい、それでいて明るいメロディーは、彼女を一気に何年もの昔、まだマリニアなどかげもかたちもなく、父親ともめぐりあっておらず、それどころか、まだ男装をし、《イリス》と名乗って、けわしい孤独と不信の色をそのおもてにみなぎらせて夜の闇のなかを徘徊していたあのころに、連れ戻してしまったかのようであった。

(サリアの娘よ　きよらの乙女
　恋をせずにはおれませぬ)

その、古いたわいもない恋唄が、あれほどまでにサイロンの下町ではやっていて、どの吟遊詩人もさかんに歌っていたのは、いったい何年の昔であったか。

(まるで——まるでもうあれから、何百年もたってしまったよう……)

確かに、ある意味では、オクタヴィアにとってはもう、それは何百年もの昔の出来事にすぎなかったのかもしれなかった。

(ああ——なんてことだろう……あのころ、僕は——そうだ、僕はあれほど長い夜のなかに生まれつき……決して、僕は人を愛することも、幸せになれることもないだろうと思っていた……ましてや、私が……この私がひとの親になるなんて……夢のまた夢、夢見たことさえなかったわ。……それよりも、ひたすら復讐と……そしてあの、惨殺された母さまの苦しみをなんとかして世界じゅうに思い知らせてやるのだと、世界じゅうへの憎しみと敵意に燃えて……）

（そんな私の前にあらわれて……いかにもたよりなげだったあの吟遊詩人……知らなかった。パロの王子だなんて、私は知らなかった。——それどころか、本当はどんな勇気を持ったひとなのかさえ、知らなかった。最初はただ目障りで——とまどって……そのうちに、なんだか、気になってたまらなくなって、とてもとても——マリウスがあらわれると落ち着かぬ気持ちになって……）

（弱虫のくせに、剣をふるうことさえいやがる弱虫のくせに——そう思っていたわ。男の風上にもおけぬ……男とは、戦うものだ、強くなくてはならぬのだ、と——マリウスをみるたびに苛々した。自分のなかの何かがひどくおびやかされてしまうような気持がして、なんともいえぬほど苛々したわ。……そして、それにひどく怒り、こころもとなく、そのことにさらに苛々していた。だのに、マリウスのことがいつもいつも、気になってたまらなかった……）

（もう名前も忘れてしまったけど、私が男だと信じていたマリウスが誰だったか、拷問からグインが救い出したマリウスの面倒を見ていた侍女かなにかにちょっかいを出していたことがあったわ……それをみたとたん、私、なんだか猛烈に腹が立って……そのままマリウスを斬り殺したいくらいに腹が立ってしまって……だけど、それでいておそろしく悲しく、むなしく、生きていてもしかたないような気持になって……)

(君が好きだ。君が好きだよ、イリス)

(あのひとは……私を、男だと思ったまま、愛しているといってくれた……)

まるで――

目のまえで、ロマンティックなメロディーを奏で、美しい、心にしみいるような声で歌っているその人ではない、はるか昔におのれの前にあらわれていた吟遊詩人はまったく別の人間だとでもいうかのように、オクタヴィアは目をとじた。

(恋はくせもの……夜にまぎれて、流れ矢さながら心を射抜く……あのひとはそう歌っていた。……あれはオルフェオの詩編だわ。……そして、そして――)

(ぼくはマリウスではない! わが名はアル・ディーン、父の名はアルシス、母の名はデビ・エリサ、中原の聖なる王国パロの王子にして第四王位継承権者――それが僕だ。それがまことの僕なのだ!)

いまなお、耳にまざまざと残るその叫び。

(僕が男でも――君は愛してくれるの?)

(男でも。ぼくが恋したのは男でも女でもない、イリス、きみというひとりの人間なんだから……)

(それじゃ、ねえ――マリウス……)

（それじゃ、ねえ、マリウス——私が女でも、やっぱり……愛しているといってくれる……？）

（あの——あの風の丘から、あの……祭りの夜から、長い長い時が流れて……）

（どうして忘れていたのかしら。ああ、どうして忘れていたのかしら……）

いつのまにか——

オクタヴィアの頬には、滂沱たる涙が伝わっていた。

目をとじたまま彼女は、彼女をあの風が草をそよがせる丘の上に、はるかな山々をこえた放浪に、そしてそれからふたりで過ごしてきた長い長い時間に——トーラスの下町の平和でかしましい楽しい暮らしに、恐しい襲撃者との地獄のような戦いに、そして父とめぐりあい、ケイロニア皇帝家に迎え入れられた日々にふたたびいざなわれていった。

いつのまにか、「サリアの娘」は終わっていた。誰も、身じろぎさえするものもなかった。ためらいがちに手を叩こうとしたハゾスも、オクタヴィアのそのようすをみて、思わず手をまた膝の上に戻して困惑したように目をふせた。彼女のなかにどのような葛藤と追憶がわきおこっているのか、それは、なんとなく、ほかのものたちにもはっきりと感じられたのだ。

マリウスは、精魂こめてさいごの和絃を弾き終えた。だが、かれもまた、しっかりと目をとじていたので、オクタヴィアのようすを見ることはなかった。かれは、そのまま、音がすべて消えていってしまい、何もない沈黙があたりを支配するのを惜しむかのように、ものうげに指をすべらせ、ふしぎなひびきをもつ美しい和絃をきわめてゆっくりと奏で続けた。

そのまま、その指は、またしだいにひとつの曲に向かって収束していったが、こんどの曲は、誰も、これまでにきいたこともなければ、また、有名な曲だと思う者もなかった。むろんその場に集まっている聴衆たちは、必ずしも音楽に詳しいものはひとりとしていなかったかもしれないが、それでも、貴族たちである以上最低限の教養としての音楽についての知識はあったし、また、目の不自由なロベルトに関していえば、かれはいつでも、音楽をきくのを最大の楽しみにしていたのだ。そのロベルトでも、まったくきいたこともない曲だと認めざるをえなかっただろう。だが、誰も、そのようなことはかまわなかった。

(僕は――歌うために生まれてきた)

マリウスは優しい、ひそやかな声で、つぶやくように、語りかけるように歌いはじめていた。それは、歌なのか、それとも物語なのか、吟遊詩人の歌ってきかせるあの、民衆たちをいつも熱狂させるサーガ――物語詩にしてはちょっとひそやかすぎたが、しかし、充分に、きくものの心をとらえてやまぬ魅力をもっていた。

(僕は空で歌うひばりだった。朝露に濡れる草原を飛び立って、僕はいつも、朝まだき、

誰もきくもののない森の上でうたった）

マリウスは目をとじたまま、優しく歌い続けた。

マリニアは、最初は何がおこっているのかよくわからぬように、手をのばして、楽器にそっとふれてみようとしたが、誰もとめるものがないのに、何か自分自身で、それがしてはならぬことだと感じたかのように、そっと手をひっこめた。そしてそのあとは、母が追憶にひたって涙を流していることにも驚くようすもなく、何ごとなのかはよくわからないながら、鋭敏な幼い心に、何か大変なことがおきつつあるのだ、と感じたかのように、大きくそのぱっちりとつぶらな目を見開き、首をちょっとかしげたまま、ふしぎそうにマリウスをじっと見つめたまま目をはなさなかった。

（僕が歌ったのは愛――生まれてきたことのよろこび、生きていることの楽しみ、いつかはみんな死んでゆくけれど、つかのまあたえられたいのちを、愛し合って暮らすことの幸せ――僕が歌ったのはいのち、あたえられたいのちのままに、思い切りさえずりつづける、ひばりのいのち）

（わけもなく、うたっていれば、僕は幸せだった。歌ってさえいれば、いつでもぼくは幸せだった。――嵐がきて、羽根をもがれて飛べなくなっても、小さなキタイの籠にとじこめられたときも……歌さえあれば、ぼくは生きてゆける。歌さえあれば、ぼくはみんなに幸せをとどけられる）

（歌はいのち、ぼくの生まれ、生きてあることのあかし——そうしてぼくは歌いつづける、枯れ葉の町で、静かな森で、たそがれどきの市場で、朝まだきの草原で——キタイの塔の中で、サイロンの見知らぬ家の前で、はるかなクムの遊廓の道で。ぼくは誰にでも歌う、あでやかなクムの娼婦にも、気難しい貴族の前でも、やさしいたおやかなひとの前でも）

（ぼくの歌をおききーーぼくの和絃をきいておくれ。君にささげる歌、ぼくのための歌、年老いて死んでゆくひとのための歌、これから生まれてくるいのちのために、壊れた愛の哀しみのために、失われた思い出のために、滅び去った国々のために——ぼくは歌うよ。ぼくはいつも歌い続ける。ぼくのいのちのあるかぎり、キタラを抱いて歌い続ける。それがぼくのいのち、それがぼくの生きてきたあかし）

（だから、ぼくから歌をとらないでおくれ——ひばりを籠にいれるのは、歌をひばりからもぎとること……歌わなくなったひばりはだんだんやせ衰えて死んでゆくだけ、それはあんまり悲しすぎる。ひばりに歌をかえしてやれば、ひばりは空にとんでいって、そしてやさしい歌を君にかえしてくれるだろう。だからどうか、だからどうか、ひばりを籠に入れないで。ひばりの歌をきいておくれ）

（ひばりは空にいるときが、一番自由で美しい。——そしてひばりはいつも君に、空から歌を歌ってあげる。それがひばりのいのち——それがひばりであることのあかし。ぼくの空を愛しておくれ――ぼくのひばりを愛しておくれ。ぼくの歌を、ぼくの心を、空に――はるかなあの遠い空に……)

しだいにマリウスの声は大きく深く、あたりにひびきわたらんばかりに高まっていった。それにつれてキタラの和絃もすばやく、もつれた美しい力強いひびきをかなではじめ、そして、マリウスはもう何者にもおしとどめることは出来ぬというように、目をかたくとざし、全身をふるわせて歌い続けた。そのゆたかな歌声は室一杯にひろがり、その室をカルラアの神殿にかえた。もう、誰も身じろぎするものもなかった。誰もかれもが、うたれたようにただマリウスを見つめ、その歌に身をゆだねていた。オクタヴィアでさえ、もはやおのれの追憶にひたりきってはいなかった。そこから力づくでひきずり出されてしまった、とでもいうかのように、最初はむしろ驚きと、怒りにさえ似たものをひそめて彼女はマリウスを見つめていた――それから、それとは異なるある哀愁のようなもの――地上においてゆかれながら、空を自由に舞い飛ぶ大鳥を見上げているものの哀しみに似たものが、オクタヴィアのおもてにあらわれ、彼女はいつのまにか両手をかたく組み合わせたまま、じっと身をかたくしてマリウスを見つめていた。まるで、いまはじめてマリウスを見た、とでもいうかのようだった。

マリニアは――さよう、オクタヴィアの膝の上に抱かれていたはずのマリニアは、もう、彼女の膝の上にはいなかった。というより、オクタヴィアは、マリニアにむずがられて、下にそっとおろしてやったのさえ、まったく無意識だったのだ。マリニアは、床の上におろされ、そこで、首をかしげ、大きく目をみひらいたまま、異様な表情で父親を見つめていた。耳の聞こえぬままに、だが明らかに彼女は空間を伝わり、ゆさぶってくる何かの波動を感じていた。

（ぼくを自由に——ぼくを空へ——ひばりを空へ——あの遠いはるかな空の向こうへ……）

激しく、絶叫のようにたかまった繰り返しが、しだいに遠く、かすかに——まるで飛び去ってゆく鳥のうしろ影のように遠くなっていったのちに、ふっとすべての音が室のなかから消えたとき、誰も、またしても、身じろぎもするものはなかった。

そこにいた人びとはみな、それぞれの思いのなかに、深くうなだれ、目をとじ、両手を組み合わせ、あるいは膝の上に両手をつかえて、深く深く沈み込んでいた。オクタヴィアはそっと両手で顔をおおっていた。ロベルトは膝の上に華奢な両手を組み合わせたまま、自分には許されることのなかったその《自由》をかいまみているかのようにそっと目をとじていた。ハゾスはうなだれたままおもてをあげなかった。アキレウスはまるで彫像のように目をとじたまま動かなかった。

その中で——

ふいに、ただひとり動き出したのは、マリニアだった。

「アーアー……」

可愛らしい、だがいくらかしわがれた、ちょっと異様な声をきいて、みなははっとそれぞれの深い神聖な物思いから引き戻された。だが、またしても、すぐには声をあげるものは誰もいなかった。かれらは、仰天し、と胸をつかれて、幼い、まだ歩くのもおぼつかぬこの童女を見守っているばかりだった。それは、あまりにも思いがけぬ行動だったのだ。

マリニアは、だが、まわりのものたちの目などまったく気にとめてもいなかった。彼女は、まだ歩くのがひどくおぼつかなかったので、面倒だとばかりに、途中からはいはいをしてマリウスの足元にまっすぐに這い寄っていった。マリウスは何か、おのれのなかのものをすべて吐き出し終えたあとの虚脱にひたって、動かぬままでいたのだ。その、足元に這い寄ってゆくと、マリニアは、マリウスの足につかまって必死の形相で立ち上がった。

「あ……」

はっと、マリウスが目を見開いた。マリニアは、たどたどしく小さな手をのばした。その手で、キタラにふれようとした。

「あ——」

オクタヴィアがようやくおのれの物思いから我にかえった。

「マリちゃん、だめ――」

「待って」

あわててマリニアを抱き取ろうとするオクタヴィアを、マリウスが制した。オクタヴィアの青いひとみと、マリウスの茶色の目があった。

「待って。タヴィア」

「え……」

マリニアは、なんだかひどくもどかしげな、やみくもな情熱にとりつかれたようなようすで、必死にキタラにふれようとした。マリウスは、キタラにふれられるよう、それを小さな手の前まで下げてやった。マリニアは、それに小さな細い指さきでふれた。ふいに、その、いつもきげんのよいマリニアの大きな目から、涙があふれでてきた。

「アー――アー……アー……」

マリニアは、大きく口をあけた。

だが、何も意味をなすことばが出てくるはずもなく、彼女は、なおも必死に、まるでさきほどの父のしていたことを真似ようとするかのように口をあいて、「アー――アー」と繰り返そうとした。

「マリニア……」

オクタヴィアは絶句した。

マリウスは、ほほえんでキタラを下においた。

「歌っている、この子」

マリウスはまるで勝ち誇ったようにいった。

「歌おうとしている。だから、云っただろう？——ぼくの子どもが、歌が歌えないわけがないよって。——ぼくの音楽がこの子のなかに伝わっていないわけなんかないんだ。必ず、マリニアはいつかしゃべれるようになる。そしたら、歌えるようにもなる。どうして、いまは耳が聞こえなかったり、ことばが出ないのかわからないけど、いつか、何かのきっかけで門が開きさえしたら、マリニアはぼく同様、歌ったり、楽器をかなでたりするひばりの種族の娘になるとも。だってぼくの子なんだから。——そうだよ、マリニアはぼくの血をひいているんだ。何か悪い妖精に呪いをかけられてしまって、いまは口をつぐんでいるかもしれないけど、その下でこの子はいつだって本当は歌い続けているんだよ。ぼくにはそれがよくわかるんだ」

4

「あー……」

ややあって、ようやく口を開いたのは、ハゾスだったが、正直のところ、何をどう云っていいかはよくわからぬようだった。

ただ、とにかくこのままでは、という気持だけで口を開きかけたのだが、それにまるできっかけを得たように、アキレウスがそれを制した。

「よくわかった。マリウス」

ハゾスを安心させるように、アキレウスはハゾスにうなづきかけてから、マリウスに向き直った。

「お前が云いたかったことはみなわしにも、ここにいるものみなにもちゃんと伝わった――と思う。それに、お前が、お前の流儀によって話をしたいと思っていた、ということ――というか、それがわれわれの流儀と違うけれども、流儀はちゃんと存在しているのだ、ということをこそ、われわれにどうにかして知ってほしかったのだ、ということは、わしにはたぶん、いまの歌でとてもよく解ったと思う」

「有難うございます」

マリウスは、どことなくぐったりとした笑顔を向けた。力も精魂もすべて尽き果てた、というような感じをあたえる笑顔だったが、どこか満ち足りて、けだるげだった。

「わかっていただければ、それでいいんです。ぼくはもう、それだけで。――ぼくの身分だの、このあとどうなるとか、そんなことはぼくはもう何もかまいませんから、一番、皆さん――とタヴィアのよろしいように。それがぼくの願いです」

マリニアはまだ、マリウスの膝の下でキタラをぼろんぼろんとはじいてみては、頭をそらせて「あー。あー」としきりと、確かに歌おうとしているとしか思えぬかすれた声をはりあげていたが、マリウスが手をのばしてマリニアを抱き上げると、一瞬不安そうに母親をみてから、おとなしくされるがままになった。そして、ちょっとふしぎそうに、何かきらきら輝いているものでも見ているようなまぶしげな目つきで、ずっと会っていなかった若い父親を見上げていた。

「とても、無責任なやつだと思われてしまうのはしかたないし、確かに無責任なのかもしれないけれど、でも、ぼくにとっては、いま歌ったとおりの気持が本当のところなのです。――そうして、自分がそうであるのは、本来は反社会的なことかもしれない、ということも、ぼくは、ちゃんとわきまえています。……だから、逆に――そうやって自分の好き勝手に生きてしまうことについては、自分自身についてはちゃんと自分で責任をとるつもりだし——たとえどこの野末でのたれ死にしようと、神様を恨んだり、運命を呪ったりしないつもりだし、いっぽうで、ぼくがこういう人間であることで、ぼくにかかりあって迷惑がかかってしまう人たちについては、心から申し訳ないと思うんです——というか、そうとしか言いようがないんです」

「……」

「ぼくはタヴィアをとても愛していますし、マリニアのことは、本当に、もしいまマリニアのいのちと引き替えに何かおどされたりしたら、この場でマリニアのために死んでもまったくかまわない、と思える程度には愛していると思います。ぼくは——家庭的に恵まれない環境に育ったので、いつもいつも、自分の子どもを育てることについて夢見ていました。……そして生まれてきたマリニアは本当に天使みたいだったし。だけど、言い訳だと思われてしまうかもしれませんが……もしも、ケイロニアの皇帝家だの、パロ王家だの、そんな面倒くさい、ぼくからみたら、人間が人間らしく生きるための条件とは何の関係もない、むしろその国が国であるためにひとが幸せであることを押し殺してしまうような、そんなものとかかわってくると知っていたら——」

「もういい」

アキレウスは低くつぶやくように云った。だがマリウスはやめなかった。

「タヴィアもマリニアも愛している。だけど、ぼくはここでは生きてゆけない。——そして、ぼくが、ぼくだから、タヴィアはぼくを愛してくれたのだし——マリニアにとってだって、ぼくがもし、歌わないで、宮廷にいて、つまらない——っていったらハゾスさまたちに失礼ですけれど、国の政治だの、ほかの人が幸せになるように下水工事をすることだの、そういうことで毎日ぐったり疲れて、自分はいったい何者なんだろうとそれさえわからず、不幸せで疲れ果てて不機嫌でいたとしたら、そんな父親がいるということは、マリニアにとっては誇るべきことでもなければ、幸せなことでもないような気がするんです。お前のお父さんは、遠いところにいるけれども、とても自分らしく、自分のいちばんしたいこと、しなくてはならないことをして幸せに生きているよ、ということが、ぼくにとっては、マリニアにしてあげられる、一番いいことのような気がするんです。むろんそれは、ほかの鳥の巣に卵を産み落として育てさせるドロボウ鳥みたいなものではないか、って云われて非難されてしまうかもしれないことなんだけれども。——でも、ぼくが宮廷にいて、出来もしない政治に首を突っ込んでいたって、かえってみんなにうんざりさせたり、ぼくをイヤにさせたりするだけだと思うし——だけど、ぼくの歌をきけばみんなは少しは幸せになってくれたり、哀しみを忘れてくれたりする。——ぼくは、やっぱり、自分の一番生きられるところへいって、自分の一番したい生き方で生きてゆきたい。それがもし、わがままだといって非難されることになるのなら、それはもう、わがままだと思っていただくほかはないと思っています」

「もういい。さきほどの歌は聴かせてもらった。わしにも、芸術家の素養はないにせよ、それなりに、一国をあずかる支配者としての見識や理解力はあるということは信じてもらわなくてはならぬ。わしには、おぬしをここにとどめようという気持はいまもうまったくなくなったし、また、おぬしがどうしてそうしたいのかもよくわかったよ。――あの遠い日、鳥ヶ丘であったか、はじめてグインがおぬしをわしに引き合わせてくれたとき、わしは、そのときすでにおぬしがパロの王子アル・ディーンであることもひと目みてわかったし、また、なかなかに骨のある、面白い若者ではないか、とグインに云ったこともよく覚えているが、そのときわしは、オクタヴィアがおぬしとともに、どこともしれぬ遠い旅に出てゆくことを快く許してやったはずだ」

「ええ」

マリウスは目もとで微笑みながらうなづいた。

「あのときのことはとてもよく覚えています。ああ、この人が、タヴィアのお父さんなのだ。ぼくの愛する人を生んだ親なのだ、と思いました」

「わしは、確かに、オクタヴィアがサイロンにもどってきて、わしとともに暮らしてくれるようになって、そのことにいささか増長していたのかもしれん」

アキレウスは苦笑した。

「そして、ものごとというのはすべて、誰かの犠牲の上になりたつものなのだ、ということを、考えなくなっていたのかもしれんな。わしは確かに、おぬしがどのような人間であり、星稜宮や黒曜宮でどのように感じながら毎日を送っているのか、もっときちんと知っているべきだった。だが、わしが知っていたところでどうにもならなかっただろう。——おぬしはいずれは出ていっただろうし、その出てゆく行き方については、わしは必ずしもわしの気質にかなっていると云えなかったと思う。だが、それはもうすんだことだ」

「あのときは……ぼくもずいぶん、我を見失っていたと思います」

マリウスは認めた。

「皆さんは口実だと思われるかもしれませんけど、ぼくにとっては、ナリスが死んだ、という知らせは、出奔する口実どころではなかった。聞いたとたんにからだが氷のように冷たくなり、この世界全部がなんだかまるで悪夢のなかのように感じられ、ナリスのところに行きたい、という、ただそれだけしか感じられなく、考えられなくなっていました。——それなのに、ぼくは、その後、ナリスが実は生きていると知って、マルガをおとずれて……そして、ゴーラ王イシュトヴァーンの軍勢がマルガを奇襲することを、ナリスに警告にいったのに、恐しくて——ナリスに会ったとき、ナリスがぼくを憎んでいるということを知らされるのではないか、ナリスが怒っているのではないか、もう兄とも弟とも思わぬ、ということばを投げつけられるのではないか——そのことをおそれるあまり、警告だけして、ぼくに会おうといってくれたナリスをすっぽかして逃亡しました。……その後、本当にナリスは死に、そのときにどれほど、からだじゅうを引き裂いてしまいたいほどぼくは苦しみ悩んだか知れません。おのれの勇気のなさと、そしておのれの卑怯さとおろかさを……あのとき、ひと目だけでも、本当にひと目だけでも会っておけばよかった。この世にたった二人の兄弟の、今生の別れであったのに、せめてひと目、会ってことばをかわして——ナリスがたとえぼくに怒っていたとしてさえ、ぼくはあなたを愛している、いつもかわらずに愛しているのだと告げてあげればよかった。……ぼくは、そのときのことを考えると、いまでもからだじゅうを引き裂き、かきむしりたいような思いにかられます」

「………」

「だから——もう、あんな思いはしたくない。そのときどきにおのれの願うことを実現するため、おのれの力のかぎりを尽くして——ふしぎなご縁によって、ナリスを失ったぼくは、グインというもうひとりの兄弟を——この場合はグインのほうが義弟にあたるわけですけれど、得ることが出来ました。以前から、ぼくを魅了していただけではなく、いつもぼくにとっては、守護神のように思われていたひとでした。それが、ぼくの兄弟となり——たったひとりの兄を失ったぼくの、失った兄のかわりのように、ぼくの弟になってくれた、だのにそれが、また失われようとしているのだろうか？　そう思ったら、このままパロにじっとしていることは出来なくなって、それで——ぼくはリンダが困るだろうとは思いつつ、飛び出してきてしまった。我儘かもしれないし、勝手気儘などうしようもない奴、そのときどきの抑制のきかぬ行動とひとの目にはうつるかもしれません。でも——もう、ぼくにはこの世で、愛する家族、タヴィアとマリニアのほかには、本当にそうやって、いのちを投げ出してでも守りたいものというのは、グインしかいないんです。……リンダとのきずなはまだ出来ようとしていたばかりで、そこで無理やりにそれをたてにとってグインのもとにゆかなかったら、きっとぼくは後悔するだろうと思いました。……そのときに思ったんです。ああ、すべてのきずなというのは結局のところ、たとえタヴィアとマリニアでさえあっても、ぼくにとっては束縛にすぎない。それはもしかして、ぼくが本当に何か欠落した人間なのかもしれないんだけれど、それはそれでもうしかたない、だってこれがぼくなんだから、って。——ぼくは、グインを助けたい。グインを助けてケイロニアに連れ戻ってきて、グインが記憶を失っているというのなら、グインの記憶を取り戻させる手伝いをしたい。それがいま、やむにやまれぬ衝動になってぼくを動かしている。そのあとで、もし首尾よくグインを救出できたときにどうなるのか、またサイロンに戻ってきて、宮廷暮らしに戻れるのかといったら、それはもうぼくには絶対できないということがわかってしまったのだから、というしかない。でももう、戻るべき場所はぼくにとっては――ナリスのいないパロにはないような気がします。リンダは好きだし、とても尊敬しているけれど、あそこはぼくの国じゃない。――といって、黒曜宮や星稜宮はぼくの暮らすぼくの家じゃない。むろんでも、トーラスのゴダロおじいさんの家でもない。ぼくにはきっとこの世界に、家とよべるものは一生ないかもしれない。それでもいい。ぼくはそれでいいと思う。ぼくは一生、一所不住、さだまった家をもたない浮き草のような流れ者の吟遊詩人として生きて、そして許されるならタヴィアやマリニアにときどき会いにきて――許されないのなら遠くから顔をみて元気だと知って安心して、かれらのために祈って……そして歌って、そしてまたしなくてはならないことのために行ってしまいたい、そう思っているんです」

「もう、いいわ。マリウス」

云ったのはオクタヴィアだった。

彼女は手をのばして、マリウスの膝の上からマリニアをそっと受け取った。マリニアはようやく少し疲れたように歌おうとするのをやめていたのだ。

「もう何も繰り返して云わなくてもいいわ。私にはもうわかっているし、あなたがいってしまうということについても私たちは同意したのだし――それに、だからといって愛し合っていないわけではない、愛が消えたから別れるっていうわけじゃない、っていうことも私たち、さっき確かめたはずだわ。ねえ、マリウス、私、さっきから、あなたの歌を聴きながら、いろいろなことを思い出していたのよ」

「何を——?」

「あの、私がイリスだったころの……祭りの夜のことや……男のかっこうのままの私と吟遊詩人のあなたが、遠くからきこえてくる『ケイロニア・ワルツ』にあわせて踊ったことや……あなたのために私がおずおずしながら買って持っていった祭りのごちそうのこと、私、あのときはそんなこと云わなかったけれど、そんなもの、食べたのも屋台で並んでものを買ったのも、生まれてはじめてのことだったわ。……そんなあたりまえの生活だの、普通の生きているよろこびなんか、何ひとつ知らないままで私は生きて、育ってきたのよ」

「懐かしいな」

うっとりとしたようにマリウスは云った。

「ケイロニア・ワルツ!　ああ、よかったら、さいごにケイロニア・ワルツだけ弾きたいな。あれもとても好きだったんだ」

「それは聞きたいけれど、でもそのまえに私のいうことをきいて。そうよ、マリウス、私、あなたの『サリアの娘』をききながら、本当にいろいろなことを思い出していたの。そして、なんて長い時が流れたのかしらって——男装のイリスだったあのときからなんていろいろなことがあって……忘れていたわ。あまりに夢中で生きているときにも、それから、やっとそのあとにちょっと身も心も休められるときがきて、幸せだと思うときにも、ひとって、思い出すことなんか忘れてしまうものなのね」

「そうかもしれないね」

「あのときには、私、いつ死ぬかもしれないし、いつ死んだってかまやしない、ただそれまでに何があろうと母の無念をはらし、母の仇に復讐するんだ、という憎悪と怒りだけで生きていたわ。――その私にあなたが愛と平和と……そして幸せに生きることを教えてくれたんだわ。それについては、いまでも本当に感謝している。そして、マリニアを私にくれたことも」

「それは、わしにも同じだ、オクタヴィア」

アキレウスが云った。

「マリウスはマリニアと、そしてお前をわしにくれた。そのことだけでも、マリウスに感謝してやまぬ理由はいくらでもある」

「だけど、そのあとで、私はこんどはたぶん、自分が知ってしまった幸せの材料になるように、あなたに強制していたのかもしれないわ。……それがあなたの幸せとどうかなんてことは考えもしないで。……なんだか、本当にいろいろなことを忘れていた。何回も死にかけたし、あなたも何回も死にかけたり、私のせいでいのちをおびやかされたり……また、私を助けてくれたり、私があなたを助けたりしたわ。あのとても激しく、明日のいのちも知れない状態で生きていたあいだには、こんなふうに贅沢をいったり、あなたが思い通りにならないなんて文句をいっているようなゆとりはとうていなかった」

「………」

「あのころから、あなたは、とても自由で――そして本当はいつも私をその自由さでひるませたんだわ。ひとは誰もが自由に生きられるようには作られていないと思うの。あなたは優しくておだやかだけれど、とても強い人よ。必ず思ったことは通してしまう。そして、その強さなの、たぶん、私たち、定住して大切におのれの生活を守ってゆくことをしか知らない民をたじろがせてしまうのは」

「そうなのかな」

「そうよ。――でもマリウス、わかってほしいのは、定住して大切におのれの生活を守らなくてはいけない、と私たちが思うのは、《守らなくてはならぬものがたくさんある》からなの。ある人にとってはそれはきっと地位だの名誉だのだわ。私にとってはお父さまとマリニアとのしずかな暮らしだわ。それをくれたのはあなただったんだけれど、私は、いったんそうなってしまうと、どうしてもそれを守らなくてはいけなくなってしまった。私はあなたのように強くなかったのよ、マリウス。あなたが、私を、私なら一緒に一生放浪してゆける伴侶だと思ってくれたことはとても名誉だったけれど、私はそんな強い女じゃなかった。ましてやマリニアを連れたまま放浪するような、そんな強さなんか私にはまったくなかった」

「そんなことはないと思うけど……」

「いえ、そうなのよ、マリウス。そして皇帝だの、王様だのというものは、そういう、あなたよりずっと弱くて同じ場所で定住して、守られていなくては生きてゆけない人たちを守ってあげるために、その任務を引き受けるものなんだということも、私、お父さまやハゾスさまを見ていてわかってきたの。……それもやはりとても強いことだと思うわ。でも、私にとっては、ことにマリニアをかかえて、私は強くはなれないの。もう、私は放浪することはない――私の放浪の時代は終わってしまったんだわ。一緒にゆけなくてすまないと心から思うわ、マリウス。でも私は」

「もう、その話はすんだよ、タヴィア」

マリウスは朗らかにいった。

「ぼくも、とどまれなくて本当にすまないと思う。結局はそういうことなだけじゃあないのかな。お互いに、本当は一緒にいたいし、すごく愛しているけれど、でも、お互いに、相手のいいようにしてあげられない。それは、別にそんなに難しいことじゃあない。ふつうはきっとどちらかが我慢して、相手にあわせてしまうんだろう――でも、ぼくたちは、とても愛し合っているし、とても誠実だから、そうやって、我慢して一緒にいれればいつか相手を嫌いになってしまう、どちらか我慢しているほうがきっと相手に不満がつのって怒り出してしまう、そのことのほうがイヤだと思うようになったんだと思うよ。……嫌いになって離れてしまうわけじゃない。愛しているから、本当に自分自身でいたいから別れるんだ。別れるのかどうかぼくにはわからない。それは好きに決めてくれていい。ぼくはまたサイロンに戻ってくるし、戻ってきたら、君に会いに行くよ。君にもマリニアにもね。会わせてもらえなかったとしても誰も恨まない。肩をすくめて立ち去るだろうけど、その前に星稜宮の垣根の下でキタラをかなでて歌うよ。その歌をきいたら、マリウスが戻ってきて、やっぱりまだ君のことを好きだと君にだけはわかるだろう。それって、素敵なことじゃないかい？　ぼくは、一生君だけだと思うよ。本当に愛するひとは」

「それは、請け合わないほうがいいわ」

オクタヴィアは一瞬、皮肉そうな目もとになった。が、後悔して、表情をやわらげた。

「ええ、でも、そう思ってくれるのは嬉しいと思うし、私のほうはもっとずっと、あなた以外のひとに心を奪われることはないと思うわ。あなたはすてきなひとよ、マリウス、小さなひばりさん。――私、いつでも、あなたと旅をするのは好きだったわ。人生がもうひとつあれば、そちらの人生でこそ、あなたとふたりで何処までも何処までも旅をしたいと思うわ」

「そうだね」

マリウスはつぶやくようにいった。

「もっと純粋に生きていられたらね。もっとものごとが簡単だったら――もっと単純明快で、ややこしくも面倒でもなかったらいいのに。ぼくはでも、きっとグインを見つけだすよ。遠征部隊に出来なくてもぼくには出来る。だって、ぼくとグインはヤーンのふしぎなきずなでかたく結びあわされているとぼくは信じているんだもの。だから君たちは安心して待っていて。君たちの大事なグインを探し出して、そしてここに連れて戻るためにぼくは出てゆくんだから。グインが、ぼくを――ぼくじゃなくて本当はシルヴィアだったんだけれど、シルヴィアとぼくを連れて戻るためにキタイでのはるかな冒険に出向いてくれたようにね」

「そうね。マリウス」

オクタヴィアはうなづいた。

「そうね。……もう会えないわけじゃあないわね、きっと」

「ぼくは戻ってくるさ。何回でもぼくは戻ってくる。そして君が必要としていてくれるかぎりは、歌を歌い、キタラをかなで――愛し合って、マリニアに歌ってやるために帰ってくる。ほかには何もできないかもしれないけれど、自分にできることだけはいつもぼくは惜しまないつもりだ」

「マリニアのことは心配しなくて平気よ。お父さまと私とで、ちゃんといい娘に育てるから。ただ本当に、グインをお父さまに返してあげてくれれば、それがきっとあなたがこれまでにした一番いいことのひとつ、ということになると思うわ」

「大丈夫」

力をこめてマリウスは言い切った。

「グインはぼくをみれば記憶を取り戻すよ。——ぼくとグインはヤーンの絆で結ばれている兄弟なんだから」

「頼むぞ」

アキレウスは重々しく云った。

「だが、正式に遠征部隊に参加することはあまりケイロニアの国策上からはよろしくない。ここにきたとき同様、あくまでも、ともに遠征に参加してもよいが、パロの魔道師部隊の客員のようなかたちで、ササイドン伯としてでも、アル・ディーン王子としてでもなく参加してもらいたい。それだけは頼みたい」

「もちろん。それにササイドン伯については、返上したいと思うのですが、返上してもよろしいですよね？　どちらにしても、名前だけのことだったんだし」

「名前だけだったというわけでもないが——まあ、それなりにこちらで手配して、うまくやっておこう」

「マリウスさまは、たぶん、グイン陛下の御帰還を実現なさると思います」

ロベルトが云ったので、はっとしてみなはそちらをふりかえった。

「そう思うか。ロベルト」

「ええ。なんとなく、さきほどのお歌をきいていてそのような感じがしました。私は予言者の素質があるわけではございませんが——目が見えないだけに、耳からきこえるものについては、多くを感じると思います。マリウスさまは、たぶん、あの、歌によって怪物ガルムを眠らせたという詩人オフィウスの後継者です。マリウスさまの歌はたぶん、グイン陛下のお心に奇跡を起こすことが出来ると思いますよ」

「そうね」

オクタヴィアはちょっと悲しげに微笑んだ。

「私もそう思うわ。彼の歌をきいていたら、私の心からもすべてのうらみつらみも不平不満も消えてゆき、ただ懐かしい暖かい気持で一杯になってしまったのですもの。それが彼流のたたかいかたなのだわ。彼はカルラアの戦士なのだと、私は思うわ」

第四話　ノスフェラスへの道

1

「出発の用意がととのいました。陛下」

小姓が知らせをもって居間に入ってきたとき、アキレウス皇帝と、そしてオクタヴィアとマリニア母子とは、ひっそりと互いのぬくもりをたしかめあってでもいるかのように、居間の大きな立派な椅子にむかいあってかけていた。何もことばひとつかわしてはいなかったが、親密な、あたたかい、よりそいあうような空気がそこには流れていた。

「遠征部隊一同の者、騎士の広場にて、陛下のおこしをお待ち申し上げております」

「わかった。すぐ行く」

答えて、アキレウスは立ち上がった。そして、オクタヴィアを見た。

「お前はどうする」

「わたくしは――」

オクタヴィアはちょっと考えた。それからかすかに笑って首をふった。

「わたくしは、参りません。ここで、お父さまのお戻りをお待ちしております」

「そうか」

アキレウスは、一瞬何か言いたげな顔をした。かさねて、オクタヴィアが微笑してみせると、うなづいて、そのままゆっくりと小姓に導かれて室を出ていった。

オクタヴィアはマリニアと二人、天井の高い、広い、壮麗で立派な室に残された。壁には、先代皇帝と皇后のたいそう立派な金縁の額に飾られた肖像画が彼女を見下ろしており、そして室の四隅には、美しい彫像が飾られている。ケイロニア宮廷の装飾は決してけばけばしくはなかったが、重厚にして壮麗であり、そしてきわめてふんだんに極上の黒檀や、金箔や、鈍金の飾りなどがほどこされているので、室内は薄暗く、そしてたいへん堂々としていた。オクタヴィアは、そっとマリニアを抱きしめた。

「おまえのお父さまは、もうじき行ってしまうのよ、マリニア」

オクタヴィアは、腕に抱きしめたマリニアのやわらかな小さなからだを、そっとゆすってやり、優しい微笑みをむけながら、ささやいた。マリニアは大きなひとみをぱっちりと見開いて、いぶかしそうに首をかしげながら母親を見上げているばかりだ。

「ほんのちょっとだけ戻ってきて、歌を歌ってくれて——そうしてまた、あのひとは行ってしまう。……それでいい、と云ったわ。私から、もういいから、お行きなさい、といった――いってみれば、この私の手で、ひばりの籠の戸口をあけはなって、ひばりを空にはなしてやった。ひばりをときはなってやったのは私。あのひとじゃない」

「あー……?」

マリニアは、かすかに声のようなものを出した。マリウスの歌を聴いてからこっち、マリニアは、しきりと声のようなものを出したがる、ということに、オクタヴィアはむろん気付いていた。そして、そのことに、ひどく心をゆさぶられていた。不幸にして口と耳に障害をもって生まれてきた娘が、もしも、父親の歌をきいたことをきっかけにして、少しでもよくなるのなら、というあやしい希望と、同時に、ことばに言い尽くされぬようなふしぎな感慨とが、ともに彼女を占めていたのである。

「あのひとは、いつでもずるいのね。……やってきて、一番いい格好をして、一番いいところをみせて――それで、さっと行ってしまう。一緒にいれば、そうそう格好のいいところばかり見せていられるものじゃない。おたがいのわがままだってあるし、いやなところだってあるわ。――だのに、そうやって行ってしまえば、お前の心に残るのはただ、あのときのふしぎなカルラアの天使ばかり――あのひとはいつだって、そうやって……地道な毎日のつらいつとめなどにはかえりみもせず、空で本当のひばりのように歌ってはまたどこかへ飛んでいってしまうことを選んだんだわ。……もう、本当によくわかっていることだけれど、それでもやっぱりときどきはうらめしい」

オクタヴィアは、遠くの物音に耳をすますかのように、ちょっと外をすかし見るようなしぐさをした。だが、むろん、ここから騎士の広場まではははるかにはなれ、いくつもの宮殿の棟をへだててもいる。彼女がいるのは黒曜宮のなかでももっとも奥まった、主宮殿の皇帝の居間である。そもそも、騎士の広場での、出発してゆく遠征部隊のさんざめきどころか、宮殿のなかの話し声やざわめきさえ聞こえはせず、あたりはひっそりと静まりかえっていた。

「……ここはなんて静かなんだろう」

オクタヴィアはそっとつぶやいた。

「とても静かで――とても壮麗で。あのひとが、ここを好きになれなかったのは、無理もないかもしれない。あんなに、下町の親しみやすさだの、にぎわいだの、そういうものばかり愛していた人だもの。――私だって、いまだに、こういうものすべてにとてもも馴れているというわけでもないんだけれども……」

「あー？」

マリニアが、機嫌よく笑いながら、母の目にさわろうと手をのばす。それを苦笑しながらはらいのけて、オクタヴィアは首をふった。

「だめよ、マリちゃん。母さまのお目々に触っては駄目。――どうしてあなたは、お目目にさわりたいんでしょうねえ。お目々にも、お口にも、なんにでも触ってみたいのね、ちょうどそういう好奇心の強い年頃であるのかもしれぬ。マリニアは、母の目にさわるのをあきらめると、こんどは母の胸にひとつだけきらきらと輝いている、オウムガイの首飾りに目をつけ、それをしきりと小さなほそい指先でそっとさわりはじめた。

「あなたはこういうきらきらしたきれいなものや、ふわふわしたお母様のお服とかが大好き。——やっぱり、女の子なのでしょうねえ。女の子というのは、生まれながらにきれいなものや、やわらかいもの、やさしいものが好きなものなのかしらね」

オクタヴィアはそちらのほうはマリニアの好きにもてあそばせながら、ぼんやりとつぶやいた。マリニアは乱暴な動作は決してしたことがないので、そういう高価で華奢な装身具を壊されてしまう、などという心配はあまりなかったのだ。ただ、マリニアは、感にたえたようにいつまでもしげしげと眺めては、嬉しそうにそっとふれてみたいだけなのだった。

「なんだか、夢のよう。——私、一方ではまだ、あのひとのことをどこかで恨んでいるわ。それは、私をおいていってしまったことでも——私と別れる、と言い出したことでもなくて……私の前に、わざわざまたすがたを見せてから、また消えてしまう、ということについて。——もう、ずっと忘れていたのに。もう、すっかり、遠い昔の夢のような気持でいたのに。……グインを探しにまたどこかへ行ってしまったにしたところで、パロから直接にノスフェラスへでも行ってしまうのだったら、私は、なんだかきっと、風のたよりにその話をきいたところで、あまりもう心をかき乱されることもなく、あら、そうなの、といって、おだやかに微笑んでいられたような気がするのに」

オクタヴィアは、ぼんやりとマリニアのきれいな巻毛を指さきでさわった。

「どうして、わざわざ私の前にまたあらわれて、あなたが本当に実在していた、ということを私に思い出させて——それからまた消えてしまうようなことをするのかしら？ そうでなければきっと私、《マリウス》という、そういう夢を遠い昔に見て——それでマリニアがさずかったような、そんな気持でずっとおだやかに、幸せに過ごしてゆけたのに。それがいいことなのか、悪いことなのかはわからないけれど——私は、なんだかもう、あなたって、ただの夢にすぎなかったような気がしていたものよ……それをわざわざ、ちゃんと存在しているのだ、と思い出させてからまたいってしまうなんて——ある意味ではきっとそれはとてもあなたらしいことね。だけど、それは残酷でもあれば——ひとをずいぶんと傷つけることでもあると思うわ」

「あー」

マリニアは、母の装身具で遊んでいるにも飽きたようだった。

どこかへ遊びにゆこう、というかのように、一生懸命、母の手をつかんで引っ張ろうとしはじめる。それを、オクタヴィアは優しくなだめた。

「もうちょっとよ、マリちゃん、もうちょっとよ。じじさまが戻ってこられたら、御一緒に馬車に乗って、じじさまがもういいといわれたら、あなたの大好きな星稜宮のおうちに戻りましょうねえ。あそこには、あなたの子羊さんもいるし、あなたの大事なマリニアの鉢も育っているし——あなたの大好きなものばかりがあるんですものねえ。また、あそこでなら、何も気兼ねせず、やりたいようにできるし、お庭をかけまわることもできる。——あのひとが出てゆきたがったのだって、私、わからないわけじゃない。もしマリニアがいなかったら、私、いまこの瞬間に何もかもかなぐりすてて、『やっぱり私も行くわ、マリウス！　私を連れていって！』と叫びながら飛び出してゆくことになっていたかもしれない」

オクタヴィアはちょっと悲しそうに首をふった。

「そう——お父さまには申し訳ないけれど、もしマリちゃんがいなかったら……たとえお父さまを悲しませることになったとしても、私は……ここを飛び出し、そうしてマリウスといっしょに行ってしまったことだろうと想うわ……一度はそうしたのだし。それはもう、私にだって、マリウスの気持はわからないわけじゃない……私だって、最初に黒曜宮で何年か暮らしていたんだったとしたら、お父さまをどれほど好きになっていたとしても、『自分があれほど欲しがっていたものは、こんな窮屈な暮らしだったのだろうか』と思って……そして、そんなものよりも自由と、そしてマリウスのほうがはるかに大切ではないか、と思うようになっていたかもしれない。いえ、きっとそうなっていたと思うわ——いえ、あなたには何もわからないわね。心配しなくていいのよマリちゃん。お母様はもう決してどこへもゆかない。だって、あなたがここにいるんだもの」

オクタヴィアはそっと、深い、言葉にあらわせぬほどのいとおしさをこめて、うっとりとマリニアを抱きしめた。その小さなからだだけが、彼女をこのいまの世界につなぎとめてくれている、とでもいうかのように。

「あなたが大好きよ。マリちゃん——可愛いマリニア。あなたさえいれば、お母様はもう何もいらない。お父さまはお年をめしていられるわ。いつかは私たちをおいて遠いところへいってしまわれる——マリウスはいつも、やってきては行ってしまう。だけど、あなただけは——あなただけは、いつもお母様と一緒。お母様もいつも、あなたと一緒」

いつのまにか、オクタヴィアの目には、かすかに涙がにじんでいた。それは、別れを決めてから、はじめての、その別れを思って流す涙であったかもしれなかった。

「もう、二度と会えないかもしれない。それでもいいわ——少なくともあの人があなたをお母様に残してくれたのだから。それだけでも、私は、あなたを許すと思うわ、マリウス。だけど……本当は、行ってほしくなかった。本当は一緒にいたかった……いつまでも一緒に暮らして、ともにマリニアの成長を喜び、その病を案じてくれる夫が私だって欲しかったのよ、マリウス——でも、あなたはひばり。あなたは自由……どうか、自由になれないものの哀しみだけは、あまり馬鹿にしないで。空を飛べるものはいいわ……私には空は飛べない。もう長いこと、子どものころにきっと私の翼なんて切られてなくなってしまっていたのだわ。それでもなんとかして、お父さまと——そしてマリニアのところへたどりつくことができた。それだけでもう、私は充分。……どこまでもあなたとともに高い空を飛んでゆくことは私には出来ないの。出来ないのよ、マリウス……」

オクタヴィアの目にあふれ出した涙は、しずかにそのなめらかな頬をつたわってあごにこぼれおちた。

マリニアはびっくりしたように目をまたたき、小さな笑い声をあげて、その母の頬を濡らす真珠のように美しい涙のしずくをすくいとろうと手をのばした。そのしぐさがいっそうオクタヴィアの涙を誘った。

「私だって、本当は……あなたのように生きられるものなら生きてみたかったし、空を飛んでもみたかった。歌も歌ってみたかった……でも、私はひばりじゃないの。私は地面に残る小さなあわれな農婦なんだわ。私はこの小さな大事なマリニアを守り育ててゆくことのほうが大切……いえ、私にとってはそのほかに大切なことなんか何もない。本当はケイロニアの皇帝家を守ること、ひきつぐことなんか、私にとってはいまや何の意味もないわ。だけど私は、年老いたお父さまの誇りをお守りすること、お世話すること、そして何よりも大切なマリニアが幸せになること……それだけが、私にとっての生きていることの意味だと思っているの……」

オクタヴィアはマリニアを安心させようと、にこりとほほえみかけ、涙のしずくを払いおとした。

「私が本当に男だったら――剣士のイリスだったらよかった。そしたら、私、何があろうとあなたと一緒にグインを救出するためにノスフェラスへまで出かけていっただろうと思うわ。だけど、いまは……私は二度とイリスには戻らない。もしこのいまの平和をおびやかそうとかかってくるものがいれば、それを守り、戦うために剣はとるけれど、それはもうイリスとしてじゃない……イリスはもうどこにもいない。そうね、マリウス……私たちの結婚と愛はきっと、マリウスとタヴィアのじゃない、マリウスとイリスの愛だったのよ……だから、それはマリニアが生まれてくるのと同時にきっともう終わっていたんだわ。きっとそうなのね……そうだったのね」

オクタヴィアはほほえんで、マリニアを抱き上げて立ち上がった。

「さあ、心配しないで、マリちゃん。もういいのよ。もうお母様は、何もうしろをふりかえるようなことはしないから。これからは、もう、あなたのお父さまのことは懐かしい、ふしぎなカルラアのまぼろしだと思いましょう。そのかわりお母様が、ふた親の分、いえ、それよりももっともっと何倍もあなたのことを愛して、可愛がってあげる。だから、あなたはあなたのお父さまがいなくても何ひとつつらい思い、悲しい思いをすることなんかないのよ。もし――もし、もうこのまま二度と……あの人がノスフェラスから帰ってこなかったとしても……」

オクタヴィアはまたしてもこみあげてくるものを強くくちびるをかみしめてこらえた。

「さあ、行きましょう。ここはとても広くてしんとしているから、お母様もついついいろいろなことを考えてしまうんだわ。あちらの、もっと小さな、天井の低いあたたかいお部屋にいって、そうだわ、お女官のひとに頼んで、何かあたたかい甘くておいしい飲み物と、それにちょっとしたかるやきパンと果物のジャムでも下さるよう、かるいおやつをもってきてくれるようお願いしましょう。それを仲良く御一緒に食べて、それでまた、あなたの大好きな絵本をお母様が見せてあげるわ。さあ、行きましょう。早く星稜宮に戻れるといいわねえ。なんだか、この広い宮殿にいるのは、小さなあなたと、このお母様にはとてもとてもさびしい、つらいことだわ」

オクタヴィアが、ひっそりとマリニアをあいてに、複雑な心のうちを語っているあいだにも――

パロからの魔道師部隊をまじえた、ノスフェラス遠征部隊は、すでにすべての出発準備をおえ、そしてアキレウス大帝からのはげましの演説と、そして出陣の武運を祈る儀式、ケイロニア騎士団にずっと伝えられている伝統あるいくつかの儀式——そのなかには、いっせいに剣を捧げ、アキレウスのためにいのちを捨てるとも惜しまぬ誓約をたてることも含まれていた——をおえて、いよいよひっそりと黒曜宮を出発してゆくところであった。

もとより、サイロン市民たちに見守られ、盛大な歓呼の声に送られて出てゆくような、そんな趣旨の遠征ではない。べつだん極秘の出陣でもないが、派手な儀式をともなうような種類の出陣でもない。だが出陣するものたちは、総勢結局三千人で編成されたこの遠征によって、必ずケイロニア王グインを救出して戻ってくるのだと、遠征軍の総司令官ゼノン将軍、総指揮官ヴォルフ伯爵アウス、副将トール将軍をはじめとして、全員が必死の意気込みに燃え立っている。覚悟のほどは、これまでのどの遠征よりもむしろまさっていたかもしれぬ。

そして、その三千人となった遠征部隊に、パ・ロからの魔道師部隊、そしてこれはごく一部のものしか知らぬことながら、その魔道師部隊の一員と姿をかえて、ひっそりとマリウスが参加していた。マリウスの存在を示すものは、魔道師のマントの上からかけたキタラのみ——あとは、一切特別扱いも、警固もない、きわめて目立たぬ参加である。むろんマリウスもそれでよしと承諾したのだった。もっともじっさいには、魔道師部隊はかなり、ケイロニア騎士団とは長い道のりのすすみかたが違う。ヴァレリウスはハゾスと相談し、一切の特別扱いや特別な警固はないままではあったものの、一応マリウスづきの魔道師を五人ばかり設定してそれで一チームとし、魔道師部隊の本隊とは別に、ケイロニア騎士団ともども進軍するようふりわけた。魔道師部隊は、じっさいにはケイロニア騎士団の遠征軍とともに騎馬で進むということはまったくせず、かなり先行しては夜待ち合わせて合流する、ということをくりかえすことになるだろうと思われたからである。その魔道師部隊の動きはまた、斥候のためにも有意義であるはずだった。

「おぬしがパロに名高い魔道師宰相、ヴァレリウスどのか。お初にお目にかかる」

出陣前のあわただしい時間ではあったが、アキレウス皇帝は、ハゾスによって手短かに引き合わされると、ヴァレリウスの手をしっかりと握り締めた。

「このたびは、わが息子のために、これほど甚大なるご尽力をいただき、ケイロニア皇帝として、またグインの父なるものとして、まことにあつき感謝にたえぬ。どうか、魔道師部隊の勇者たち、ただの一名もかけることなく、無事に、あたうかぎりすみやかにパロに戻られるよう、わしも深く念じてお待ちしている。――ケイロニア騎士団の面々にも、魔道師部隊のお力を借りつつ、魔道師部隊のかたたちをしっかりと剣によってお守りするようかたく申しつけた。このパロよりのただならぬご厚誼は決して忘れぬ。このご恩はいずれ誓ってリンダ女王にお返し申し上げること、このアキレウス、ケイロニアの皇帝としておのれの剣にかけて誓うであろう」

「かたじけなきおことば」

ヴァレリウスは相変わらずの黒マントであったが、丁重に頭をさげた。

「そのようにおおせられましては、あまりにも恐れ多きこと――もとをただせば、われらパロ、クリスタルの都と民とをお救い下さるためにこそ、グイン陛下は失踪なさったのであり、その責は一にかかってわれらパロの民にあると心痛く感じております。われら――いや、パロ宰相として、ありったけのご尽力をさせていただき、なんとかグイン陛下に無事ケイロニアにお戻りいただけますようつとめますことは、私にとって最大の急務と存じております。……グイン陛下を無事救出がかなうまで、必ずともにパロへ戻ることとなきようと、わがあるじリンダ女王よりも固く申しつかって参りました」

「そういうてもらえるとわしも嬉しく心強い」

アキレウスは深くうなづいた。

「大切なる宰相をお借りして、リンダ陛下にも何かとお心細いことでもあろうし、また、申し訳なきことでもある。陛下もまだお年きわめてお若く、また女王となられてより間もなく、それ以前に、未亡人になられたるばかりのおいたわしき、頼り少なきお身の上だ。宰相がたが出発されてよりのちに、わしは、ただちにふたたびわが宰相ハゾスをクリスタルの都に派遣し、リンダ女王と話をとりきめ、少なくとも、現在まだ復旧のすすまぬときくクリスタルの都の警備のお役にたつよう、ケイロニアから、ワルスタット侯騎士団、サルデス侯騎士団などを何大隊か派遣し、リンダ女王のためクリスタル警備の任務をわりあてていただく話を取り決めさせようと思っている。むろん、その騎士団の指揮権はリンダ女王にありとさせていただく——むろんケイロニア騎士団どうしでの衝突などということにならぬ、という前提の上でではあるがな」

アキレウスはつまらぬことを、というように呵々と笑った。

「このたびの不幸は両国にとり試練であったが、そのかわり、これまで存在せなんだパロとケイロニアにとってのまことの深き絆を作り上げてくれるに効果のあった気がしてならぬ。これが、俗に言う、わざわいを転じて幸せとなすというものであろう。このわざわいが、かえってわれらにとり、まことの幸せを運んでくれるきっかけとなるよう、両国ともに力をあわせて努力しようではないか」

「かたじけなきおことば」

ヴァレリウスは云った。そしてまた、うやうやしくこうべを垂れた。

「必ずや、グイン陛下を、このサイロンに、黒曜宮に、陛下のおん前に無事にお連れ申し上げてみせましょう」

「うむ。待っているぞ」

アキレウスは大きくまたうなづいた。

ゼノン、トール、副将のドルカス、トールの副将バルス、そしてヴォルフ伯爵アウスらの指揮官たちも、ヴァレリウスのことばに同意するように力強くうなづいた。ことさらに、ゼノンとトールの二将軍は、グインとのきずなも深いことでもある。その、成功の思いはいやが上にも強いようであった。

「それでは、参ります。陛下」

「おお、行くか。道中くれぐれも気を付けてな」

「かしこまりました。陛下とサイロン、そしてケイロニアの上に永遠の栄光あれ」

「ケイロニアに栄光あれ」

兵士たちが唱和する。ゼノンのひきいる金犬騎士団、トールの率いる黒竜騎士団、いずれの精鋭たちも、かなりの部分が、まだクリスタルへの遠征から戻っていくばくもたっておらぬ、グインの遠征軍に参加した兵士たちであった。だが、遠征につぐ遠征、席のあたたまるいとまもないあらたな出陣に、不平をいったり、不満をもっているものはひとりもおらぬようであった。むしろ誰もが、激しい、(豹頭王救出――)の使命への情熱にもえ、心を激しくふるわせ、たかぶっているように見受けられた。

「行ってきてくれ。無事に戻ってきてくれ、ケイロニアの勇者たちよ。パロの勇気ある魔道師たちよ」

アキレウスは力強く、出陣のさいの慣例にしたがい、王者の剣を宙にかかげながら、バルコニーから、出陣してゆく兵士たちを見送った。が、さいごに、ふとその剣を思わずおろした。

「それでは、行ってまいります」

さいごについていた一団のなかで、ふと魔道師のフードをはらいのけて、バルコニー上の皇帝にむかって笑顔を見せたのは、マリウスであった。

「ああ」

どう答えていいかわからぬ、というように、アキレウスはうなづいた。そして、また、無事を祈って剣をかざした。

「一人も欠けることなく戻ってきてくれ」

低く、アキレウスはつぶやいた。もう、フードをもとにもどしたマリウスのすがたは、魔道師たちのあいだにまぎれこみ、それとは見分けはつかなくなっていた。

「どうか、そして、グインを、わがもとに。――わが息子を、案じているこの老父のもとに。どうか」

祈るように、アキレウスはつぶやいた。どこまでもつづく赤い街道が、きらきらと山の向こう、ノスフェラスの砂漠までものびてゆく見果てぬ情景が、老帝の目に浮かんでいるかのようであった。

た。

2

「行ってしまった――」

入ってきた、アキレウスを見上げて、オクタヴィアは、ちょっと微妙な微笑をうかべた。

「無事に、出発してゆきましたのね。みんな」

「ああ。行ったよ、オクタヴィア。われわれも、もうひと仕事わしが片付けたら、星稜宮に戻ることにしよう。本当は、まだしばらく黒曜宮にいたほうがいいのだろうが、どうも、お前もマリニアも、黒曜宮にいるとあまり居心地がよくないようだからな」

「そんなこともございませんけれど……」

「なんだったら先に戻っていてくれてもかまわんが。わしはまだ、少しいろいろと処理することもある。それがすんでから、ハゾスをパロにまた送り込むだんどりをつけ、それで星稜宮に戻れるかな。そのほうがよければ、先に戻っていろ」

「いいえ、御一緒に戻りましょう。まだ当分、お父さまがお手がおあきになるのをマリニアとお待ちしていますわ」

「そうか？　ならばそれでいいが――」

アキレウスはちょっと溜息をもらした。

「行ってしまったな。……これで――こういう縁起でもないことは、こういう出陣のさいにいうものではない、ということはいやというほどわきまえているのだが――」

「よろしいではありませんか。ここには私とお父さましかいないんですから――あ、もちろんマリちゃんはいますけれど。なんでもおっしゃったほうが」

「いや。大したことではない。……このまま、もしあやつが戻ってこなかったとして――遠征軍が戻ってこなかったとしたら、わしは、婿を、二人ともなくしてしまうことになるのかなと思っていただけだ」

「お父さま……」

「こんなことをいってお前に負担をかけたくはないが……いまのわしにはもう、頼りにできるのはお前だけになってしまったよ、タヴィア。……残されたシルヴィアはあんなふうだし、ちっともあてになど出来ようはずもない。……グインが早く戻ってくれればと、それだけを願っているのだが――わしもすっかり気が弱ってしまったものだな」

「いろいろなことがありましたから」

ほっと、オクタヴィアは低い吐息をもらした。

「無理もありませんわ。……お父さまはお疲れなのだと思います。ちょっと、お休みにならなくては」

「わしも、年老いたよ。もはや、ケイロニアの獅子も、無害な老犬にひとしいというこ とかもしれぬ」

「そんなことをおっしゃって……」

「むろんいまなお、ケイロニアに危機が訪れればただちに剣をとって陣頭に立つだけの気持はあるさ。だが——おのれの身を賭して戦うほうが、こうしてじっと吉報を待っているよりもどれだけか楽だ。こんなふうにしてじっと待っておらねばならぬというのは、何よりも苦しくていかぬ」

「それはもう、本当にそうだと思います」

「オクタヴィア。——わしのそばにいてくれ」

アキレウスは低い声でいった。そして、手をのばして、マリニアを抱き上げた。

「マリニアともども、いつまでもわしのそばにいてくれ。——お前がマリウスと一緒にいってしまう、マリニアまでも連れていってしまう、と云いはせぬかと、どれだけこのしばらく、はらはらしていたことだろう。……わしのような年寄りには、お前たちをひきとめるすべはほかにもう何もない。わしのような老いぼれの面倒をみて、お前のまだ若い人生の残りを星稜宮に埋めてくれ、などとはとても云えたものではない。……マリウスが戻ってきたときいたとき、そしてまた行ってしまうつもりだときいたとき、どれだけ、わしが辛い思いでいたか」

「そんなに、御心配なさっていたんですのね、お父さま」

オクタヴィアは、つと立ち上がって、父の肩に手をそっとかけた。

「もっと、早くにきちんと口に出していればよかったんですわ。——私はもう決して、どこにも参りません。いつまでも、私のいのちがつきるまで、お父さまのおそばにいさせて下さいませ。——あの人のことは、もう私のなかではけりがついています。御心配なさらないで——もう、未練もないし、これ以上、でも、怒りもうらみもございません。あの人はああいう人なんです。グインを連れて無事に戻ってくることがあったとしても、きっとまたそのままふらりとどこかへいってしまう——私は、きっと、風を愛してしまった、吟遊詩人のサーガの女みたいなものなんですわ。二度と同じ風は吹いてこない——もう、いいんです。お父さま、私はもういいんです。私も昔は根無し草でしたけれど、いまの私には、お父さまという大切な根もあれば、マリニアといういとしい実もありますす。私はもうどこにもゆきません。——あの人のことは、たまに吹いてくる風みたいに、いとしく、でも遠く思っていることにします。それで充分だと思いますし。……ねえ、お父さま、本当ですのよ。私、もう、すっかりふっきれました。だから私のことは心配なさらないで。——私はこれで幸せなんです。これは、お父さまのために、あのひとについてゆくことを私が我慢して選んだ道じゃない。私にはもうここしか生きる場所はない、だから、あなたについてゆけない、と私からあのひとに別れをいったんです。――あの人もわかってくれましたし、それにきっと私、いまの私は、あのひとについていっても足手まといになるだけだわ。もうお父さまのおかげで私、すっかり安楽をも幸せをも平和をも覚えてしまったんですもの。もう、昔のようにはなれない」

「そうか。――そういってくれると、心がいくらかやすまるのだが……」

「これでいいんですわ」

オクタヴィアはそっと、マリニアの頭をなでた。

「こんど星稜宮に戻ったら、またオリーおばさんの肉まんじゅうをこしらえましょうね。お父さまのとてもお好きな、あの香草のたっぷり入ったやつを。誰もが夫婦の愛情がなければ生きてゆけないなんてわけじゃあない。私はずっと、親の愛、父親の愛、家庭の愛にこそ飢えていたんですもの。私はいまが一番幸せなんです。これでいいんです、本当に。――マリニアのためにも」

「マリニアといえば――」

ふいに、ちょっと気がかりそうにアキレウスはいった。

「この子は、あれきり、もうああいうふうになることはないのか。あの、マリウスが歌ったあとのように」

「ありませんわ」

オクタヴィアは考えこんだ。

「あのときのあれはどういうことだったのかしら。聞こえていたのかしら——聞こえていたのなら、ほかの音にも何か反応しそうなものだわ。でもあのときだけだったですわね、マリニアがあんなふうに声を出そうとしたり——どういうことだったのかしら。それこそ、何かの波動をでも感じたのでしょうか。それとも、父親の歌うのをきいて——それともその姿を見て、『歌いたい』という思いがこみあげてきたのでしょうか？——そんなことって、あるものなのかしら。あれは私もとても不思議で……」

「それだけの力が、マリウスの歌にあったということなのだな」

大きくうなづきながら、アキレウスは云った。

「それはわしも認める。あの歌は素晴らしかった——などというと、ずいぶんとよそよそしく聞こえる。あの歌は、わしもひさびさにきいたようなものだった。確かにあの歌をきけば、カルラアも動くに違いない。ガルムも眠らせられ、あるいは起こせるに違いない、と思わせるものがあった。お前が、なんであんな軟弱な男を愛したのかと、わしはずっと不思議でならなかった。だが、あのとき、あの歌をきいて、わしは納得したよ。なるほど、お前が愛した男というのはこのような男だったのだなと。——お前ほどの女がどうしてあんな何のとりえもない不誠実きわまりない、無責任な男を選んだのかと、お前が戻ってきてからこっち不思議だったのだが、ようやく、ああ、やはりお前を信じているべきだったのだ、お前は正しいのだ、お前を正しいということに気づけなかったおのれが、信じ切れなかったことが愚かだったのだとつくづく思ったよ。やつは、歌うために生まれたといった。まさにそのとおりだろう。あれはたぶん、天才だ。何百年にひとりというような歌い手なのだろう――おかしなことだな。それは、たぶん、カルラアの神殿では天下をとれるような素晴しいことだのに、ケイロニア皇帝の婿である、ということについては何の役にもたたぬ。確かに、やつにとっては、ここにいることそのものが、とてもつらいことだったのかもしれんな」

「だからといって、自分勝手に出ていっていいという言い訳にはなりませんけれどもね」

思わずつけつけとオクタヴィアは云った。それから後悔して首をふった。

「そう、でも、お父さまにそういっていただいて私も嬉しいわ。私も、自分が伴侶に選んだ男がただの最低なやつや無責任な、だらしのない、剣をもつことも知らぬばかものだと思われたら立つ瀬がありませんもの。でも、そう、私もいつも思っていましたわ。あのひとの歌については、こんな歌はきいたこともないと。――そして、そう、いま思い出したわ。私、いつも――何回も思ったものでした。この歌うひばりを守ってやりたいと。だから、私とあのひとの恋ははじめから、男女が逆みたいにしてきっとはじまっていたのだわ。あのひとは、守られたい——というよりきっと母親が欲しかったんです。いつもいっしょにいて、自分だけを見守ってくれている優しいお母さんを。だから、私が本当に母親になって、あの人より守らなくてはいけない小さなものが出来たとき、あのひとはきっとそのことに耐えられなかったんだわ。……あの人が最初に私をおいてグインのところへ出ていったのも、私に子どもができたと知ってそのあとだったのですもの」

「ひとというのは、なぜ、そのように作られるものなのかな」

深い吐息をもらして、アキレウスはつぶやいた。

「わしの弟のダリウスについても、わしは同じようなことをよく考えることがあった。あいつは、悪人ではない、ただいつも本当は自分が見守っていてほしい小さな子供のようなものだったのだと。——だが、人間はそれだけではすまぬ、大人になり、子供ではいられなくなる。それでもなおかつ子供のままでいようと思うとき、ひとは破綻するか、どこかへ出てゆかざるを得なくなるか——結局マリウスは、歌い続けたい子供であることを選んだのだな」

「ええ。そしてその歌がたまたま、カルラアによって与えられたものだったから」

オクタヴィアは遠くを見つめていた。

「あのひとはいつも、『ここでないどこか』にゆきたかったんです。——『いまいるところ』はいつもあのひとには不満だった。あのひとに素晴しいところだと見えているのはいつだって、『ここではないところ』だけだったんです。――そのことをもっと早くにわかっていればよかった。そうしたら、私きっと……」

オクタヴィアは口をつぐんだ。

「きっと、何だ？　きっと、いまでも、マリウスとともにどこか遠い旅の空を放浪していただろうと？」

「いえ……きっと、そうしたら、最初から、私はマリウスと結婚はしなかったかもしれないって……」

オクタヴィアはまた重い吐息をもらした。だがその表情は、以前よりもずいぶんと晴れやかにはなっていた。

「もう、やめましょう。もう、私、あのひとのことでは悩むことはなんにもなくなりました。むしろ、こうやってちゃんと、かっこうとしては別れたことになってほっとしているくらいですわ。だから、本当に心配なさらないで、お父さま。私にはお父さまもいるし、マリニアもいるし、なんでもあるんですもの。――あとはただ、グインさえ帰ってきて、お父さまの御心配ごとがなくなってくれればと、それだけを念じていますわ。私は――ええ、私はいまとても幸せなんです。あのひとがいなくたって」

その、ひそやかな吐息とともに繰り返されたつぶやき――

その対象の当人のほうは、しかし、もう、すっかり、この遠征部隊の一員としてとけこんでしまったようだった。

＊

サイロンとその郊外を出るまでは、サイロン市民の見慣れぬ魔道めいたすがたをさらして、かれらをいたずらにおどろかさぬように、ということで、ヴァレリウスは、魔道師部隊に、金犬騎士団と黒竜騎士団とのあいだに入り、《魔道歩行》や、まして空中浮遊術だの、《閉じた空間》などを一切使わないでごく普通に進軍について歩いてゆくようにと命じていた。それで、マリウスとその護衛を命じられた数人の魔道師たちも、魔道師部隊の本隊と別れることなく、一緒に静かに歩いて行軍に加わっていたのだった。

しかし、何も魔道めいたこしらえはしていなくても、あまり魔道師に見慣れていないサイロンのひとびとにとっては、見慣れた金犬騎士団のよろいかぶと、黒竜騎士団のよろいかぶととのあいだに――少数のラサール侯騎士団も、ヴォルフ伯爵直属の部隊として参加していたのだが――漆黒のあやしいマントとフードすがたの異形の一団がいる、というのはおそろしく目をひくものであるようだった。かれらは目抜き通りを行軍することは避けて、比較的すぐに郊外に出る道をとっていたのだが、郊外に出れば出たで、そのあたりで耕作していたり、赤い街道を往来している行商人や旅行者たちが、なんとなくうさんくさそうに、不安そうに、魔道師たちを見つめた。前とうしろのケイロニア騎士たちには歓声をあげ、手をふってついてきたりする子供たちも、黒づくめの一隊が通りかかると、なんとなく急にことば少なになり、下をむいて、見てはいけないものを見たようなようすになるのだった。

サイロン郊外は、なだらかな七つの丘が脈々とつらなってサイロンを取り囲んでおり、そしてそのあいだに川が流れ、緑の森林がひろがり、そのかなたにもっと高い山々のすがたがみえる、きわめて風光の美しい、のどかなところである。そのかわりに、おもな人口はサイロン市内外に集中していて、ちょっと郊外でもサイロン市に近いところをはずれると、ぐっと人口の密度は減り、人家のすがたもまばらになってくる。

むろん、いくつかの集落は点々と存在しているし、サイロン市の周辺にも、東サイロン、サイリウム、ルヴァ、ヤーナ、などといった小さな町がある。それらにむかってはすべて赤い街道が網の目のようにはりめぐらされて通じているのは当然だったが、そのほかにもこまかな裏街道や細道はいたるところ、森かげや丘陵のあいまをぬって続いており、そのあいだにところどころ、町はおろか村というにも少し小さすぎる数戸から数十戸がせいぜいの集落がいくつも点在している。サイロンからランゴバルドへむかう東街道には、比較的すぐにマルーナという小さな町が登場してくるが、北へむかう街道と、下ナタール川にそって南西に下る下ナタール街道には、小さな町がいくつかあるほかには、目をひくような大きな市はない。このあたりの文化の中心は当然、世界有数の大都市であるサイロンに集中しており、サイロン郊外のかなり広い区域がすべて、サイロンの巨大な人口をささえる農地や耕作地、果樹園や牧場、そのほかのものにあてられているのだ。人々は作った農作物やそのほかのものを車につんでせっせとサイロンに向かう。

《七つの丘の都》はいまや、世界に君臨する大都会であるのだ。

そこにひっきりなしに四方八方から訪れてくる旅人、そこから四方八方へ散って行く旅人たちをめあての宿場町だけはどの街道筋にも発達している。だがそれも、サイロン周辺では、あまり大きな町にはなっていなかった。ことにサイロンから一泊以内の距離のあたりまでは、それならばもうちょっと頑張って今夜じゅうにサイロンに入ってしまおう、と思うものも多いので、あまり宿場のうまみはない。そのかわりに、サイロンが近づくにつれてそのあたりは、どこからがサイロン市なのか、そのへだてがつけにくいにぎわいを呈している。

遠征部隊は道をまずマルーナにむけて南東にとり、それからランゴバルド街道をぬけてナタリ湖南岸にそって、サンガラの山地とナタール大森林とのあいだの自由国境地帯を抜けてゆく予定であった。国境の町ブランの周辺でケイロニア国境をこえ、自由国境地帯に入るとあたりはサンガラの深い山地に入る。そこからも、ブランとエルザイムをつなぐほそい赤い街道は続いており、そのまんなかにはいまではほとんど廃墟同然となっている、もともとは自由国境警備隊の砦となっていたサンガリウム古城がある。そこにとりあえず落ち着いて体勢を立て直してから、いよいよエルザイムからゴーラ領内に入らなくてはならないのだが、そのさい、ゴーラ領内をよけてはるばるナタール大森林をぬってゆくのはあまりにも危険性が高すぎるだろうと判断された。だが、エルザイムからゴーラ領に入れば、ただちにもう、そこはもとのサウル皇帝領、かつてのバルヴィナ、いまのイシュタールである。

そのすぐ近くに突然遠征部隊が出現するのは、あまりにも、戦闘的で警戒心の強いゴーラ軍に対して挑発的であり、こちらがどこに、何をしにゆくつもりか、ということを申し開くまでもなく戦端が開かれてしまうのではないか、というのが、ゼノンら遠征軍の指揮官と、ハゾスやアキレウスたち、ケイロニアの首脳との一致した見方だった。ゴーラはまだ安定していない。いま現在はことに、旧モンゴールの反乱の鎮圧に全力をあげているため、いっそうぴりぴりしているだろう。その前に、三千のケイロニア軍が突然あらわれるのは、ただちにイシュトヴァーン王に、「ケイロニアによるゴーラ奇襲」という思い込みをさせてしまいかねない。

だが、イシュトヴァーンに正式に書状や使者を送ってゴーラ領の通過を申し入れる、というのは、アキレウスとハゾスらのさんざん協議した結果、やはりあまりかんばしくない、と思われたのだった。そうなれば、この遠征部隊が何を目的に、どこへゆくところである、ということを明らかにしなくてはならない。

イシュトヴァーンがすでにグインの失踪について知っていることはとくにわかっていたが、むしろ、グインがいま現在ノスフェラスにいるらしい、ということ、そしてまたことに、すべての記憶を失っているらしい、という最大の機密、それについてイシュトヴァーンに知られることは、あまりよろしくはないのではないか、いや、非常に危険なのではないか、というのが、ハゾスとアキレウスの共通した結論だったのだ。野望に燃えるイシュトヴァーン王は何をたくらむかわからない。もしもグインが記憶を失っているときけば、それがすなわち、ケイロニアが最大の守護神を喪った最大の好機――ケイロニアの力をよわめる最大の好機と考えるかもしれぬ。また、逆に、無力化したグインをおのれの手中にすべく、遠征部隊に許可を出すのをしぶっておいてその間にゴーラ軍の遠征隊をノスフェラスにさしむける、というようなこともしかねない。グインを人質にとれば、ケイロニアに対してどのような強硬な要求も可能になる、というようなこととて、イシュトヴァーンであれば充分に考える可能性があると思われたのだ。

それゆえ、かれらは、次善の策として、あえてエルザイムに近い国境でゴーラ領内に入ることを避け、ずっと国境線にそって北上し、カール川をおしわたり、さらに北上してユディトーを目指す、という最終的な進路を選ぶことに決定したのだった。ユディトーはユラニア最北の砦であるが、昨今では、ゴーラ国内の統治がかなり乱れていることから、もとのユラニア領ではかなり重要視されていた、国境線の守護などもかなりおろそかになりつつあることが、斥候の情報で明らかになっている。というより、主要部隊はすでに、イシュトヴァーン王の命令により、いったんすべて新都イシュタールにひきあげて再編されることとなり、正規の騎士団に所属していたような部隊は、ユディトーのみならず、ほとんどの国境警固の砦や、地方の守備隊から引き揚げられている。当初まだ一応重要な国境には警備のために残されていた部隊も、旧モンゴール領の反乱にともなって、すべて引きあげられ、イシュタールで再編成されている最中である。

もともとの土地の者、農民や開拓民、それに傭兵などを募集して編成されたごくわずかな警備隊だけが、あちこちの砦に残されているが、それは以前にくらべれば実に微々たる人数にすぎない。その分、アルセイス、イシュタール周辺に集結しているゴーラ軍の人数がふくれあがり、国境周辺、ましてやあまりかえりみられることのない北辺などは、きわめて手薄になっている。それは、その状態を間諜に調べさせていたハゾスが、「もし私がゴーラを征服しようという野望をもっていたら、いままさに北から攻め込んでゆけば少なくとも北半分、南からゆけば南半分は何の苦もなく占領できるなァ」とつぶやいたくらいだった。

だがイシュトヴァーンのほうはおそらく、国境の守りどころではない、という考えらしい。それよりも、首都の守りと、そして対モンゴール、それだけで頭が一杯なのだろう。あるいは、貧しく、深い森林ばかりがひろがっている北辺など、どこかに奪われたところでべつだんかまわぬ——それはあまりゴーラにとってのうまみはない土地なのだから、というようなことなのかもしれない。

だが、それがケイロニア遠征軍にとっては最大のつけめであった。ユディトーまで国境の外側にそって森林地帯を北上し、そしてユディトー近辺でケス河をこえる。ケス河をこえればそこにひろがるのはすでにもう、はてしないノスフェラスの砂漠である。もっとも、そのノスフェラスも、異変以来かなりようすがかわっている、という知らせはあったが、その実態がいま現在どのようになっているかは、誰も知らぬ。

ともかくも、ざっと計算してみても、ケイロニア国境を出るまでに五日あまり、自由国境地帯を北上して早くて十日、そしてユディトーで無事にケス河を渡河できたとして、そのさきにひろがるノスフェラスこそは、どのように予測をたてればよいかわからぬ——ましてや、そのどこにセムの村があり、グインがそこに存在しているのかわからぬ、というあてもない遠征である。ケイロニア遠征部隊は一様に心を引き締め、まなじりを決してサイロンを発ったのだった。何があろうと、グイン王を発見し、救出するまではサイロンに戻らぬ——それが、サイロンをあとにするとき、ゼノンとトールとが、ひそかにかわした固い誓いであった。

3

そしてまた、道は、はるかにどこまでも続いてゆく。

(道は、どこまでも続いてゆく)

魔道師部隊のなかで、マリウスは、ひとりキタラを背負って元気に歩きながら、ふしぎな、胸一杯の感慨にとらわれていた。

(この道——ぼくは知っている。この道そのものではないけれど……北の都サイロンに続いてゆく道。サイロンから続いてゆく道)

(あれは、何年の昔だっただろう——ぼくは、さらにさらにはるかな北方、氷雪の北方での冒険からかろうじて逃れて……無名の豹頭の戦士、傷だらけのよろいをつけた傭兵であり、そのおのれの異形がサイロンの都でどのように受け入れられるのだろうという不安をかかえたグインと——そして、あのくそなまいきな若い傭兵イシュトヴァーンと一緒に、北街道からはるかにサイロンをめざして旅をつづけてきたのだった……)

(あれから、いったい幾星霜がたったのだろう——ぼくは、いま……またグインを探し

にノスフェラスへ旅立つ)

(なんてふしぎなことだろう。……どういうヤーンのはからいだろう。ぼくは、北からかえってきた――そして北の都サイロンで将来の伴侶とめぐりあい、そして恋におち……それからまた、はるかにあちこちさすらってトーラスの都へまで流れてゆき……)

(そこからさらに、思いもかけなかったキタイへ――しかも幽閉されるという、思わぬ運命によって――そしてまた、思いもかけなかったグインの出現によって救われて、トーラスへ――そして、戻ったときには、可愛い子どもが生まれていると知らされ、そしてそのまま席のあたたまるいとまもなく、サイロンへ……)

(まるで、ヤーンの手にしたさいころみたいに、ぼくはもてあそばれ、心もからだもやすまるゆとりもなかった……そして、一見ようやくすべてが落ち着いたかに思われたあのサイロンの黒曜宮、あの宮殿での暮らしくらい、ぼくを鬱屈させたものはなく……)

(そしてまたぼくは、こんどは南へ、中原中部にむけて――もう二度と戻らぬかと思ったふるさと、パロにむけて旅だってゆき――そしてまた、パロから、サイロンへ……サイロンから――ノスフェラスへ……)

(ノスフェラス。――リンダがいっていた。亡き兄が、ナリスがさいごまであこがれてやまなかったというあのノスフェラス。――なんとふしぎな運命の変転によって、ナリスにかわって弟のこのぼくがノスフェラスに足を踏み入れることになるとは。……そして、それが、グインを——これまたふしぎな運命のめぐりあわせによって、はからずもぼくにとってのきょうだいということになったグインを探しにゆくためであるとは）

（道は、どこまでも続いてゆく。……そして、ぼくは、このあとも漂泊し、漂泊しつづけて、どこまで——まるであのはてしない空をわたってゆく雲のように、漂泊してどこまでゆくことになるのだろう……ぼくのさすらいは、とどまるはてはあるのだろうか。ぼくのかなしみや、ぼくのよろこびは——ぼくの歌はいつか終わるときがくるのだろうか……）

（そのとき、ぼくはもう歌わなくなるだろう……こうべをたれ、目をとじて、ぼくはもはや歌わぬときを迎えるだろう——そのときぼくのこうべは年老いて霜をおき、その目もまた輝かなくなるだろう）

（だがそれまで——その日までぼくのはてしない変転と漂泊とは、どこまでもどこまでもあの空の下を続いてゆくのだろうか。待っているひとたちのことも、いつしかに遠くなり——グインを救い出したとしてもきっとぼくの漂泊は終わらない。ぼくは——漂泊するために生まれてきたのだから）

（ああ——歌を歌いたいな。……旅の道中をしながら、歌を歌って歩ければ、こんな楽しいことはないんだけど……でもそうもゆかないだろうな。みんなとても緊張して、はりつめたおももちで行軍しているんだもの。ここでぼくが、この魔道師の格好のまんまでキタラを背中からおろし、歩きながら歌い出したら、みんなきっとびっくりもするし、そんな目立つことはやめてくれととめられてしまうんだろうな。——それがちょっとつまらない。夜、行軍のその日の分がおわって、休めるときになったら、キタラを出して歌ってもいいかどうか、ヴァレリウスにきいてみよう。でもきっと意地悪のヴァレリウスのことだから、駄目だというんだろうな。あいつは歌なんか、とても嫌いそうだもの。ましてぼくの歌は）

（ぼくにはわからない。どうしてみんな、歌も歌わずに生きてゆけるんだろう。それがとてもふしぎな気がする——ぼくにとっては、いつだって、歌わないで終わった一日は悪い日で、歌うことがちょっとでもあった日はいい日で、たくさん、のどがかれるほど歌えた日こそ、一番いいとても楽しい日だったんだけれど……）

（みんな、どうして、歌わずにそんなに難しい顔をして生きてゆけるんだろうな……だけど、グインだって——記憶を失っていようがなんだろうが、ぼくが歌を歌ってあげれば、必ずグインはすべてを思い出す。そのことにはなぜかぼくは確信がある。いまから、なんだかはっきりとそれが真実であることが感じられる。——だから、ぼくは、どうしても、ぼくが一緒にいって、ノスフェラスでグインにぼくの歌を歌ってきかせてやらなくては、と思ったんだ）

（ぼくが子守唄を歌えば、ガルムだって眠る。ぼくが歌えば天地とても動く。神々にぼくの歌が届く——だから、ひとの心にだって、届かないわけはない。かならず、かならず、グインはぼくの歌でよみがえる。ぼくはそのために行くんだ。はるかなノスフェラスへ）

マリウスは、すっかりおのれの物思いの中に沈み込んでいたので、突然目の前に出現した黒いものをみても、まったく、それが誰であるのか、気付かなかった。

が、それも無理はなかった。そもそも、かれのまわりにいる魔道師たちは全員が、同じ黒い魔道師のマントを着用していて、フードもおろしていたので、すがたかたちからは、せいぜい背丈のちょっとした大小くらいしかわからなかったからである。

「久しぶりじゃな」

だが、突然に声をかけられて、マリウスはようやく、おのれの物思いからさめた。同時に思わず、わっと叫んで飛び退いたので、あわてていきなり周囲の魔道師たちが警戒の態勢をとってさっと結界を結んだほどだった。

「だ、だ、だれ」

「忘れたかね。わしじゃ。わしじゃよ」

「わあ」

マリウスは小さな悲鳴をあげた。いきなり、そのマリウスのかたわらに、もうひとつ黒い、まったく見かけは同じ魔道師のマントがあらわれた。

「老師！」

フードをはねのけ、怖い顔をして怒鳴ったのは、むろんヴァレリウスであった。

「何をしているんです。あれきりどこに消えていたかと思えば、いきなりこんなところにあらわれて。その人をからかうのはやめていただきましょう。いまでは、われわれパロ魔道師団がこの吟遊詩人を警固しています。あなたが近づくことは出来ませんよ」

「近づくって」

めんくらったふうに、グラチウスはひょいと二タールばかり空中に浮かび上がった。

ヴァレリウスはまたあわてでまわりを見回した。さいわい、あたりはすでにサイロン郊外をかなりはなれはじめていたので、もうそんなに、大勢の人目があるわけでもなかったが、それでも、街道の反対側を通りすぎざまに、不運な行商人の数人が、突然ひとが空中に浮かび上がる光景をみて腰をぬかさんばかりにたまげているのが、ヴァレリウスには見てとれた。

「だから、そういう目立つふるまいはいっさいやめてくれと――」

ヴァレリウスは怒って叫んだ。もっともそれは心話で叫んだのだったから、ほかの通行人たちやケイロニアの騎士たちなどには聞こえなかっただろう。

「我々を困らせるおつもりですか。われわれ魔道師部隊は、とにかくサイロン郊外を出て、あまり人目にたたなくなるまで、魔道に馴れていないケイロニアの民衆を驚かさないよう、大人しく目立たぬよう、魔道も使わず歩いてるんですよ」

「結界も張らずと」

グラチウスは——それはむろんグラチウスであった——にんまりと笑った。そして恩着せがましく道の上に舞い降りてきた。マリウスはただ仰天して見ているばかりであった。

「久しぶりじゃの。まだ、挨拶がないね」

グラチウスが婉曲に云った。マリウスは何回か、何か云おうとしかけたが、それから、ようやく口をきく能力を取り戻して、ヴァレリウスのうしろに身を隠すように飛び込んだ。

「ヴァ、ヴァレリウス。こいつだ。こいつなんだ。こいつは悪人で——すごい悪党で、ぼくをキタイの塔にとじこめて、こいつの手先の極悪人の化物にいたぶらせてたのはこのじいさんで……」

「知ってますよ」

げんなりとヴァレリウスは云った。

「そうか、そのことを、マリウスさまにお話しておくのを忘れていましたね。今回のグイン陛下についての情報は、実はこの〈闇の司祭〉グラチウスがわれわれとケイロニアにもたらしてくれたものなのです。我々としても、必ずしもこのあやしげな黒魔道師を全面的に信用している、などということはまったくありませんけれども、とりあえず、グイン陛下のいどころについては、そのほかには一切何も情報はなかったわけですし、あるていどのウラもとれたので、それを一応信用してノスフェラスへのこのたびの遠征となったわけですが——しかし、むろんこの黒魔道師と手を組んだというわけではありませんし、この者に気を許しているわけでもありません。この者はどちらかといえば、これまで中原に対しては非常にけしからぬ陰謀ばかり仕掛けてきたのですからね」

「ひとを目のまえにおいたまままつけつけと」

グラチウスは嘆いた。

「これほど、グインがどうなったか知らせに身を挺してすぐにかけつけてきてやったんじゃないかね。ちっとは恩義というものを知ってほしいもんだ。わしが本気でグインを案じている、ってことをちっとも信じてないね」

「信じてたまりますか」

ヴァレリウスはがみがみ云った。

「それどころか、私の最大の問題というか気がかりは、本当にノスフェラスに到着して、グイン陛下がおいでになったとして、それを首尾よく救出したあかつき、いったいあなたが何をたくらんでいるか、それがあかるみに出たときにどうやって切り抜けられるだろうってことなんですからね。いっときますが私はあなたのことなんかまったく、ちょっとも、これっぽっちも信用なんかしちゃあいませんよ。それだけは覚えておいていただきたいもんだ」

「いいとも。わしゃあこんなにいい人なのに、そんなふうにみんなで苛めるんだ」

グラチウスは唇をとがらせて変な声で笑った。

「だが、そのうちあんたらにもわしの善意がわかるさ。それはそうと、マリウス、そのせつは、すまなかったな、一応あやまっとくよ。だが、あれについちゃ、あんたのほうだってそうまんざら、イヤだったわけでもあるまい。だって、あんたのほうから、キタイについてくることを賛成したんだし、それに、われわれはけっこうそれなりに楽しくやってたじゃないかね、そうだろう？」

「なんだって」

マリウスはなんと応対したものか、当惑したように目をまたたいたが、やがて、むっとしたように云った。

「楽しくって、それが、ぼくの足首にくさりをつないで、あの塔に閉じこめてしまったことをいってるんだったら、ぼくとしては云いたいことがうんとあるよ。だけど、ぼくはとりあえず、終わったことはふりかえらない主義なんだ。だから、いまあんたがここにいるからって、ヴァレリウスがそれを認めているんだったら、それについてただちにヴァレリウスに抗議を申し込もうとは思わないけど、でもあのときのことは云わないほうがいいと思うな。あんただけじゃない、あんたのあの助平な仲間の怪物のことは、いまだにぼくはかなりうらんでるんだから」

「それについてなんですがね」

にがりきったようすで、ヴァレリウスは云った。

「マリウスさまにも、グラチウス老師にもお願いしたいんですが、その話、キタイでおこったことというのについて、いまここで——少なくともこの遠征部隊のなかでは、とりあえず、何もなかったとはいわないまでも、それについてあまりおおっぴらにふれるのはやめていただけませんかね。私はともかく、ケイロニアの遠征部隊の指揮官の皆さんはとても堅物——いやいや真面目でおいでなんです。ことにゼノン将軍はお若いしいちずだし、アウス伯爵も典型的なケイロニア人で……まだしもトール将軍が一番話がわかるかもしれませんが、ともかく、その、ケイロニアの皇女殿下を誘拐し、キタイに拉致監禁していたのがあんたのしわざだとはっきりわかってしまったら——そしてうわさにきいた、シルヴィア姫の評判をめちゃめちゃにしてしまったけしからぬダンス教師っていうのが、その、マリウスさまがいま云われたキタイでの幽閉についていろいろと不埒を働いていたあんたの部下だ、ってのを知ったら、ケイロニアの騎士たちはたいへん動揺もするだろうし、わけもわからなくなるだろうし——それに第一、このすべてがあんたの仕組んだ陰険な陰謀なんじゃないか、という不安にかられてしまうでしょう。それについては、私だって、まだかなり、本当は何をたくらんでいるんだろうか、という疑惑は抜けないんだから。だが、ここでいま、遠征部隊にそんなことを云ったら、それこそこの先の長い苦しい遠征がどうなるか知れたもんじゃない。それだけはどうか、わきまえていただいて、マリウスさまももろもろうらみつらみもおありでしょうが、それについてはまたあらためてということにしていただき——そして、老師ももう、ちょっとはおとなしくしてて下さい。むろん出現するなとは云わないし、聞きたいことだってあるし、ノスフェラスに入ったらそれこそあなたに案内していただかなくっちゃあ、われわれは右も左もわからないんだから、仕方ないっちゃ仕方ないが、しかし、とにかくなるべくならそれまでは……」

「ずいぶん、薄情な言いぐさだの」

グラチウスは傷ついたように云った。だが、どうやら当人も、そのヴァレリウスの言い分には一理あるとはひそかに思ったらしく、珍しくそれほど四の五のと言い返してはこなかった。

「まあいい。だがとにかく、わしゃお前さんたちが、わしがどうしてしまったんだろうと心配するのかなと思って顔を出してやることにしたんだよ。わしが全然出現しないと、やっぱりすべては仕組んだワナだったじゃないかとかんぐるんじゃないかと思ってさ。だから、それが余分だというのなら、もう、わしは、ノスフェラスに入るまでは絶対に顔を出さないことにするよ。それや、そのほうがわしだって勝手がいいやね。こんなのたのた、こともあろうに魔道師だというのに自分の二本の足で歩いて旅をするなんて、そんなばかげたこと、つきあっちゃいられたものじゃない」

「そう思うなら、ノスフェラスでおとなしく待っていて下さい。私だってそう思わないでもありませんが、われわれだけ《閉じた空間》で先にゆくわけにもゆかないんだし、ふつうの人間というものはそうやって、一歩、一歩踏みしめて必要な距離を踏破するしかないんだから」

「まあいい」

グラチウスは肩をすくめ、また云った。

「じゃあ、わしはとにかくあんたらをどこかからちゃんと見守っているから心配するな、とだけ云いたかっただけだよ。だからまた消え失せて、あんたらがノスフェラスに無事に入ったらあらわれることにするが、その前に、わしはちょっと先にイシュタールにいって、ゴーラのようすを偵察してきてやったんだよ。その報告を、知りたくないかね」

「何かあったんなら教えて下さい。そうでないんなら結構です」

「また木で鼻をくくったようなことをいう。——まあいい、だんだん、お前さんにそうやってじゃけんにされるのが快感になってきた。……イシュトヴァーンは、もうじき、遠征に出かけようとしておるよ」

ヴァレリウスはするどく目を光らせてグラチウスを見つめた。

「それは本当でしょうね。いや、あなたがそういうことについてがせねたを云ったことがないのは承知していますが」

「本当とも。もうあと一日二日でイシュタールを出立して、二万の大軍、主流はゴーラ正規軍の中枢ルアー騎士団を率いてモンゴールにむかうようだ。どうやら、当人みずからモンゴールの反乱を鎮圧しないと、ことがおさまらないと見たようでな。まあそうかもしれんな。それに、一応、幼いドリアン王子を立太子し、それを正式のモンゴール大公の地位につける、という画策をカメロン宰相ははじめているが、それに対しても、ドリアン王子が幼すぎるので、あまりにも旧モンゴールの残党への懐柔政策であることがあからさまだ、といって、かえって反発している反乱軍の面々もあるようでな。それで、なにごともおのれの手でやらなくてはおさまらぬイシュトヴァーン王は、思い切ってモンゴール鎮圧に出動する、というので、カメロン宰相が、そうたてつづけに首都をあけてしまうのを心配してひきとめるのをふりきって、モンゴールに出陣を決めた、というわけだ。これでまた、うかうかしたら、モンゴールに血の雨が降るぞ。——トーラスの町を焼き払う、なんていう暴挙に出なけりゃあいいが」

「なんてことだ」

ヴァレリウスが何かいう前にするどく叫んだのはマリウスだった。

「トーラスを焼き払うだって。そんなこと、許さない。このぼくが許さない」

「お前さんが許さなくたって、イシュトヴァーンはやるさ」

グラチウスが云ったのと、

「まだ、イシュトヴァーン王が本当にそうしたってわけじゃなく、このおっさんがそういってるだけですよ」

ヴァレリウスが云ったのがほとんど同時だった。

「またそういうことをいう。誰がおっさんじゃ、誰が——ともかく、そういうわけで、イシュトヴァーン王はまもなくイシュタールを留守にする。カメロン宰相はとにかくこのところあいつぐイシュトヴァーンの遠征で、それの後始末もまだきちんと終わっていないのに、ただちにトーラスへ出陣、というので、もう本当に正体もないほど疲れ切ってしまっているようだ。まあ、とうてい、国境警備なんてものにまでは手がまわらんからね。だから、赤い街道を通るんだったら、なにもわざわざ山岳地帯の一番困難な難儀な道を選ばなくても、そのもう一本内側の旧街道をさえ選べば、それほど問題なくゴーラ領の中央部を突破できるだろうよ、というのが、わしがきょうもってきてやった知らせなんだよ」

「それについては、おおいにありがたいし、助かるし、ゼノン将軍たちに早速云おうと思いますが」

　ヴァレリウスは首をふった。

「しかし、問題は、モンゴールの平定が案外に早くすんでしまえば、我々のこの部隊がのんびりとサンガラを横切っているあいだにイシュトヴァーン王がイシュタールに戻ってくる可能性まであるということだな。むろん決して遠征部隊はのんびり進んでいるわけではないが、それでも生身の軍勢なんてものはそうそう早くは動けない。それこそスカール殿下の騎馬の民でもないかぎりね。動ける速度にも、一日にゆける距離にも限界がある。しかもこれだけの人数だから、いろいろと補給だの、また道ゆくさきざきで警戒されたりと、面倒なことがたくさんある。——まあ、とにかく、なんとかサンガリウム古城までたどりついてから、また斥候を出して、そのときまだイシュトヴァーン王がイシュタールに戻ってなければ、そういう可能性もある、ということですねえ。でなければ、やっぱり国境はこえてしまわないほうが無難だ。まだ、それを思うと本当に先の長い旅だな」

「まったくね。ま、わしゃノスフェラスで待ってるから、なるべく早く来てほしいもんだ」

　云った瞬間、もう、グラチウスは消滅していた。

「あ……」

あわてて、またヴァレリウスは結界を張ったが、時既に遅く、何人かの通行人がまたぎょっとした顔でふりかえっていた。

「まったく、あのじいさんときたら……」

ヴァレリウスは低く呪いの声をあげた。

「なんてこった」

マリウスはいささか茫然としながら、

「あの――〈闇の司祭〉が、そんなふうにこの話にからんでいたの？　あいつが――あいつとあいつの手下《てか》の化物が、キタイのホータンで、ぼくにいったいどんなひどいことをしたか知っている？　とうてい人間にはできないような所業をさんざん――ぼくでなければ、とてもとうてい耐えられないような……」

ふいに、おぞましい記憶が戻ってきた、というように、マリウスはちょっと顔をあからめて首をふった。

「ずっと忘れてたのに」

「もうでもそれは、お忘れになったままでいたほうがいいですよ。いまさらそういったところで、過ぎたことなんだし、それに、グラチウスがグイン陛下を救出する今回のこの任務については、非常に協力してくれていることも確かだし」

にがにがしいようすでヴァレリウスは云った。

「だから、まあ当分、あいつがあらわれてへらず口をたたいたとしても、知らん顔をなさっていて下さい。それが一番いいし、さっき申し上げたように、キタイへのシルヴィア皇女とマリウスさまの誘拐と監禁については、私は出来れば、ケイロニア遠征軍には知られたくないんです。話がこれ以上ややこしくなりますからね。――それに、大丈夫ですよ。あいつがたとえ何をたくらんでいようと、私のほうだって、一応ちゃんとそれに対するそなえというのはしてあるんですから。そなえあれば憂いなし、っていうことでね」

「そなえ――？　そなえって？」

「それは、まだ申し上げられませんが」

ヴァレリウスは云った。

「まあ、とりあえず、ある種の切り札、と申しましょうかね。私もあいつ相手だと、おのれの力だけではどうかとちと心もとないもので――確かに、しょうもないじじいですが、力だけは本当にありますからねえ。だから、とにかく、対応は考えてありますから、御心配なさらなくて大丈夫です。とりあえず、あれだけいっておけば当面はすがたもあらわさないでしょうし。――それにしても、やはり、一応結界は張っておいたほうがいいんだろうなあ。こんなふうにしてしょっちゅうあのじいさんのひょっこり出現するのに悩まされるんじゃあ、まったく気持のやすまるときもありゃしない。もう、早いところ、もうちょっと山地に入って、いっそ魔道師部隊だけどんどん先に行って偵察しつつ本隊を待っていられるようになれば、私たちももうちょっと、ほっとするんですけれどねえ。それになんといっても、普通の人たちと一緒に行動してるのはじれったくって。殿下も、魔道師たちと一緒なのはおいやでしょうけど、魔道師たちも、殿下や騎士たちと一緒だと、とても調子が狂って参ってるんですよ。いや、本当に」

4

「シバ」

ドードーは驚いたように顔をあげた。せっせとおのれの戦斧をするどくとぎあげる作業に熱中していたのだ。目の前に、小さな——巨大なドードーからみれば腰のあたりまでしかないくらいな、矮小なセム族の長、シバが立っていた。

「どうしたのだ。息を切らして、血相をかえて。——砂漠を走ってきたのか」

「大変だ。ドードー」

シバは、細い肩であえぎながら叫んだ。セムとドードーの属する巨人族ラゴンの言葉は、同じ系統におおむね属してはいるが、発声器官の大きさの違いなどもあって、長いあいだにかなり分離してきている。それでも、ゆっくりしゃべる分には、もともと同じ言語から派生しているので、意味が通じないことはない。

「リアードが——リアードが行ってしまう」

「何だって」

シバのことばをきくなり、ドードーは戦斧を下においてすっくと立ち上がった。が、そうするとシバの顔がおそろしく下になり、よくことばがきこえなくなってしまうのに気付いて、また岩の上に腰をおろした。ラゴンがこのところ滞在している谷の、入り口のところにある大きな平たい岩に腰掛けて、その作業に夢中になっていたのだ。

「どういうことだ」

「いったとおりだ。リアードがいってしまう。もう、どこにもゆかないといった。ここにずっといるといった。だのにいってしまうという」

シバのことばは、彼の動揺をあらわすように、かなりしどろもどろになった。ドードーはもどかしそうにシバの小さな毛深い顔をのぞきこんだ。

「リアードが行ってしまうといっているのか。行くとは、どこに行くといってるのだ」

「わからない。ただ、行くといってる。俺は行く、それればかりくりかえしてる。シバが何かとめてもなかなかきいてくれないし、リアードが動き出せばセムではとめようがない。それで、ラゴンを呼びに来た」

「だがリアードはからだが——いや、頭が病気でいろいろなことがわからなくなっていたはずだ」

ドードーは戦斧をそっと袋にしまい、いつもの愛用の石刀を腰にさしこみながらけわしく云った。

「病気が治ったのか。いろいろなこと、遠い国のこと、思い出したのか」

「わからない。そうじゃないと思う。リアードはきのうと同じようすでいる。だのに、けさ起きたら、もう出かける、またもどってくるという——もう行かないといったのに」

「わかった」

これ以上シバと話していても埒があかぬと悟って、ドードーは立ち上がった。立ち上がると、それこそ文字どおり砂漠の巨人である。

「すぐ、行く。リアードはシバの村にいるのか」

「わからない。仲間に見張らせてきたが、もう出かける、きょう出かけることにした、とそればかり——もういまごろ出かけているかもしれない。だけど、リアード病気だ。何もわからない……いま出かける、あぶない」

シバはまたしどろもどろになった。

ドードーは唸った。そして、ちょっとあたりを見回して考えこんだ。

「シバと一緒にゆくと遅くなる。ドードーが先にセムの村にいってもよいか」

「かまわない」

シバはしかたなさそうにうなづいた。

「シバはあとからなるべく早く追いつけるよう走る。もしかしたらもうリアード、どこにもいないかもしれない。そうしたらきっと……」

「きっと？」

シバはせきこみながら云った。ドードーは目をほそめた。

「ケス河？　リアードは、ノスフェラスを出てオームのところへゆくつもりか」

「たぶんそうだと思う……」

シバの声は、途中でかき消えた。ドードーはすでにシバのことばを聞いてはいなかったのだ。ドードーはもう、その巨大なからだにふさわしい、長い脚を最大限に動かして、巨大な茶色の矢のように砂漠を駈けだしてゆくところだった。

「待ってくれ、ドードー」

シバはあわててそのあとを追った。ラゴンがいま、つかのまの滞在場所としているのは、ラクの村にほど近い《犬の谷》とよばれるところだ。長のドードーが、なかなかラゴンとともに移動することにがえんじないグインをときふせ、かつ看病するためにと、そこに一族のものを移し、しばらくそこに滞在させているのだった。

このところ、ノスフェラスは様変わりが激しい。朝晩には強い風が吹くかと思えば、突然、かつてのノスフェラスでは想像もつかなかったような激しい雨がふる。雨はとてもよく降るようになった。そして、その雨のゆえだろう。このところ、ことにケス河に近いあたりでは、ケス河の水かさが増し、そしてその河岸、ノスフェラス側の河岸に、なんと緑の木々や草々が生え出しはじめている。

それも、これまであまり見なかったたぐいの、ノスフェラスにはあまりなかったような種類の草々や木々なのだ。それには食べられるものも多く、セムたちのなかには、もとから住み着いていた谷をはなれて、ケス河近くまで移動してきている部族もいる。また、これまでなかったオアシスもいくつも出来、地下からきれいな水がわきだしてきた。ここにも、いずれは草がしげり、木々がのびてくるだろう。

（ノスフェラスはかわってしまった……）

それは、しかし、長年のあいだ苛酷で苛烈なノスフェラスの自然に慣れ親しんできたセムたちにしてみれば、いささかの――いや、相当な不安を誘う出来事でもあった。それもこの数ヵ月あまりのことでしかない。これが単なる突然の一時的な異変で、まもなくまたノスフェラスはもとの草一本生えない死の砂漠に戻ってゆくのか、それとも、ノスフェラスは本当に変わってしまったのか、それも、セム族には知るすべもない。いや、ラゴンにしても知るすべはないだろう。

それが、いったいどうしてそうなったのか、また、これからノスフェラスはどのようになってゆくのか、このあらたな変化が本当にかれらにとって有害ではないのかどうか、それさえもラゴンやセムたちにはわからない。ただかれらにわかっているのは、日に日に砂漠が変貌をとげようとしつつあること、そしてそれにつれて、見慣れていたかれらの砂漠が、ことにケス河のあたりと、そしてたぶん《グル・ヌー》のあたりから、ひどく様子の違う場所になりつつあるようだ、ということだけである。

ことに《グル・ヌー》の変わりようはかなりのものであるらしいが、それについては、かたい言い伝えと伝説のあることゆえ、セムもラゴンも、まだそこまで近づいてみる勇気はない。ただ遠くから見下ろして、《グル・ヌー》をとりまいていた白骨が原の真っ白いひろがりがなくなっていたり、そこになんと、巨大な湖のようなものが出来ていたりする、という、そのまるで蜃気楼のようなようすを遠くからかすかに見ることが出来るだけなのだ。それだけに、セムたちもラゴンたちも、ひどくおびえている。この変化が、何か不吉なものではないか、何か恐しいものではないか、またこれ以上に破滅的な変化をあらたにもたらすものではないかと、かれらはひどくおそれているのだ。グインが出現することになった少し前の夜、夜っぴて《グル・ヌー》が鳴動し、そして炎の球とも炎の船ともつかぬものが、はるかな夜空へむかって飛んでゆく、という怪異があった。その夜、セムもラゴンも、まさにこれがこの世の終わりなのかというおののきにかられて一睡もせずに家族どうし、友達どうしいだきあって空を見上げていたのだが、さいわい、朝がきても何事もなかったかわりに、こんどはそのじわりじわりとした――だがずいぶんと急速な変化がはじまったのだ。そして、オアシスが生まれ、雨がふりはじめ、砂漠が、砂漠でなくなるかのような変貌のきざしがおこりはじめた。

そのなかで、まだ、シバたち、ドードーたち、セムとラゴンを統率する中心となっている世代のものたちは、この変化がはたしておのれらにとって有利なものなのか、それとももしかして非常に害毒になるようなものなのかと決めかねている。あらたにわいてきたオアシスの水も、一見まったく何の毒性もないかに見えるが、長いあいだ飲用していてどうなるのかは誰にもわからない。新しく出てきた木々や草々の葉も、それを口にしていいのかどうかわからぬまま、だが子供たちなどは何のおそれげもなくそれをむさぼっている。長老たち、老人たちはそのことに非常なおそれをいだき、一切の新しい植物は口にするなといましめるのだが、子供たちは勝手に飛び出していってしまうものだ。

(ノスフェラスは、どうなってしまうのだろう。――そして、セムは、ラゴンは、そしてラクの谷は……)

シバは、短い足でころがるように砂漠の砂をふんで走り、懸命にドードーのあとを追った。

ラクの村のなかは騒然としていた。シバが駆け込んでいったときにはもう、ドードーの姿はどこにもなかった。

「ドードーはどうした！　いまドードーがきただろう」

「リアードを追いかけて出てゆきました」

若いセムが答える。シバはそのセムをつかまえた。

「あれほど、リアードを村から出すなと云っただろう！　どうして、出した！」

「リアード、大きくて強い。セムには、とめられない。セムがとめるのをふりはらって、リアード、出てゆきました」

「どこへいった！」

それに対しては、セムは答える言葉を知らぬようだった。手をあげて、まっすぐに、おのれの右側のほうを指さす。それはまさしく、ケス河のほうだった。

（リアードは、オームの世界に帰りたいと思っている）

シバは直感した。そして、そのままあわてて、若者の指さした方向にむかってまた走りだした。

セムの村のおもだったものたちは、たがいにひどく案じながら顔をみあわせてシバの帰りをひたすら待っていたのだが、シバがそのまま飛び出していってしまったので、あわてて、そのあとを追った。なかのひとりが気付いて、斧をとりにもどった。

「何かで、いるようになるかもしれぬ」

ひとりがいうと、誰もが賛成し、かれらはみな、いそいで斧を背負って走った。まるで、それは、いくさのはじまりにそっくりであった。

はるかに、南にきらきらとケス河が光る。

いったん、ラクの村を出ると、南に《鬼の金床》とよばれる、たいらな、鉄鉱石のまじったきらきら光る岩盤がひろがっている場所が、かなり広く分布しており、それから、その彼方にまた砂漠の砂地があらわれて、そのむこうにきらきらと、ケス河の鈍い暗緑色の水が見えてくる。光っているのは、太陽の光をはねかえすケス河の暗い色の水だ。

それをはるか彼方に見晴るかして、ぽつねんと、小さく、その砂漠の中を歩いてゆく、ひとつの影があった。

本来はそれほど小さいとは云えぬのだろう。だが、このあまりにも広大な砂漠のなかでは、ひと一人は、それがたとえ人間としては尋常ならざる大きさであったにしたところで、あまりにも小さい。背景となる砂漠のあまりの巨大さが、人間をまるでのみこみ、押しつぶしてしまうかのようだ。

まだ、日は中天をようやく少しまわったくらいだった。まだまだ、日差しは強烈に強い。それでも、かつてよりはずいぶんとノスフェラスの日差しは弱くなった。そして、また、いっときは、まるで舞い上がった砂塵が空中にちらばって日光のとおるのをはばんでしまったかのように、毎日、空は灰色と白茶色をまぜたような色あいの砂まじりの霧のようなものにおおわれ、何日も暗い日が続き、また、雨がしばしば激しく降ったのだった。雨が降るとその翌日には、空はもとどおりにきれいに晴れ上がる。だが、その翌日になればもう、またその砂塵が空を暗くおおいつくす。

もとよりノスフェラスには、季節の大きなかわりめがないかわり、激しい砂嵐が吹き荒れる時季があって、それが黄砂の季節の到来を告げたものだが、それともまったく見かけの違う、もっとずっと白っぽくほこりっぽい、こまかな砂塵であった。もしかしたら、それは、あの砕け散った白骨が原の白骨たちの本当のなれのはてであったかもしれぬ。

むろん、セムたちはそんなことは知らぬ。だが、その砂塵をひどくぶきみに思ったり、それにふれたりそれをかぶるとよくない病にかかるぞ、というものがあとをたたず、それが空にあらわれるとみんな家の洞窟にもぐりこんだ。ラゴンのほうはセムほどには気にもとめなかったが、それでもあまり愉快そうではなかった。

だが、それも、あるときからぴたりとやんで、まったく空にその白茶けた砂塵がかかることがなくなった。それについても、セムたちはセムなりに、ラゴンはラゴンなりにさんざん論議をしあったのだが、結局のところ何の結論も出なかったのだ。そして、それからまた、気まぐれに風が吹いたり、雨がふったりする日々が訪れた。

だが、きょうは、風はそれほど強くないし、雨も降ってはおらぬ。ただ、ゆらゆらと砂漠の彼方にかげろうが立っているのが、なんとなく、昔のノスフェラスにかえったかのような感じをおこさせる。といっても、そのなかをとぼとぼと一人ゆく旅人が、その

《昔のノスフェラス》を思い起こしているのかどうかは、さだかではなかったが。

ゆらめく砂漠のかげろうに追い立てられるように、旅人は、砂漠をまっすぐに歩いていた。よどみのない、迷いのない足取りであった。近づいてみれば、その旅人が、人間ならざる異形――豹の頭に人間のからだ、そして異様なまでにたくましくきたえられたそのからだに、皮のベルトと足通し、そして片方の肩から反対側のベルトへと横切っている幅広の肩帯と、腰のベルトにつるした短剣と隠し袋、ただそれだけで、あとは肩から無造作に背負った荒布の袋にたぶん砂漠の旅には不可欠な食糧や水の容器が入っているのだろう、というそのこしらえが見えたことだろう。もっともいまとなっては、かつてほど、ノスフェラスを横切る旅はきびしくはないかもしれぬ。きびしい暑さと、頭上から照りつけてくるきびしい太陽の光がよほど弱まっているからだ。もう、すっかりなくなったようにみえてひとの目にはそれと見分けはつかぬのだが、それでも空中にはどうやら大量のその灰塵がひそんでいるらしい。夜になって、セムたちが眠ろうと洞窟に入って、からだをたたくと、大量に白茶けたこまかな粉がおちるし、それに、飲み水にも、それがよく混ざっているし、また黒っぽい岩や入れ物の上にはその白いほこりがずいぶん積もるからだ。そのせいか、このごろ、よくせきをしているセムの子どもが多いらしい。

旅人はだが、まったくふりかえろうともしない。迷うようすもなく、ためらうようすもなく、といって急ぐようすでもなく、ただ淡々と、同じ足の運びで砂漠を横切り、まもなく、かつては致命的なまでに炎熱に照りつけられ、素足ではわたることもできなかったはずの《鬼の金床》にさしかかろうとしていた。

その、うしろのほうから――

「オーイ。オーイ」

かすかな呼び声が、風にのって伝わってきたとき、旅人は、一瞬ぴくりとたくましい肩をふるわせたが、しかし、足をとめることはしなかった。

そのまま、わきめもふらず、同じ足取りをまったく変えることなく歩き続ける。その背中に、また、

「オーイ。オオーイ」

しだいに大きくなってくる呼び声が何回もかけられた。

しかたなさそうに旅人は足をとめた。その豹頭には、トパーズ色の双眸が鋭かった。その首からは小さな革ひもの首飾りのようなものがかけられ、その先には小さな革袋がついている。足もとは、ラゴンが普通に使う革製の足首からちょっと上まで編み上げるサンダルだ。さらに近くなってくる呼び声をきいて、ようやく、しかたなげにグインは――それはむろん、グインであった――足をとめたが、ふりかえろうとはまだしなかった。むしろ、ふりかえるのをいやがっているかのように見えた。

「リアード！　リアードーっ！」

呼び声はこんどははっきりと、彼を呼ぶものにかわった。グインはかるく肩ごしにふりむいた。

大きな歩幅ですさまじい勢いでかけてくるのは、ラゴンの長ドードーであった。その右肩から左の腰へむかってななめにかけられているオオカミの毛皮が、腰のところに結びつけられているオオカミのふさふさした尻尾ともどもふわふわと揺れている。それほどすさまじい勢いで、ドードーは砂漠を駈け通してきたのだ。

「リアード！」

さすがに息をはずませながら、ドードーはようやく追いつき、そして同時に大声をはりあげた。

「リアード！　どうしたのだ。何処にゆく、何処へ行こうとしている！」

「俺は行く」

グインはふりむいた。

トパーズ色の目をまっすぐにドードーの目に向けて、彼は静かに云った。

「俺は自分自身を探しにゆく。行かなくてはならない」

「行かせない」

ドードーは叫んだ。

「リアードは、もうここから出てゆかぬといった。リアードは今度戻ってきたらもうここを出てゆかぬといった。そしてリアードは戻ってきた。——もう、行かせない。それに、もう、伝説のいいつたえはおわった。ノスフェラスには草が生えてきた。ノスフェラスの呪いはリアードがといてくれた。だからラゴンももう、待つ民でなくなった。ラゴンはこれから先は、いつもリアードと一緒に暮らす。——そう約束した。だから、リアードはどこにも行ってはいけない」

「俺はおのれが何者で、いったいなぜこのような風貌をしていて——これまでに、いったいどのようなことをしてきて——そして何故、ここに、この地にこうしているのか、何ひとつわからぬ」

グインはうめくように云った。

「あまり考えていると頭が割れるように痛み出して、立っていることさえ、座っていることさえ出来なくなってあたりをころげまわるほどになる。ここがどこで、いったいこれはどういう世界なのかさえ、俺にはわからぬ。いったいここは何処なのだろう。見たこともない砂漠がどこまでもひろがっている——何の記憶もない、ここに生まれ育ったという感じが俺にはしない。俺は、なんとかして、おのれがいったいどこに所属し、どのような過去をもち、どのように暮らしてきた、どのように生きてきたどういう存在なのか知らなくてはならぬ。それがわからなくては、俺は不安で苦しくて、とても生きてゆけぬ」

「リアードが、誰かということ、ドードーもセムたちも何回も説明した」

不満そうにドードーは云った。

「リアードはドードーの説明を信じないのか。——リアードはリアードだ、ノスフェラスの王だ。ある日やってきて、そしてドードーをうち負かし、ノスフェラスの王になった。そしてまた、どこかへ行ってしまったが、それからまた戻ってきて、伝説のとおり、ノスフェラスに緑の木々を生やし、《グル・ヌー》の呪いをといた。それだけで、どうしていかぬ。——それが、リアードだ。それがリアードのしたことだ。それだけで、充分ではないか。そしてリアードはノスフェラスの王だ、セムとラゴンが、リアードにいのちを救ってもらい、そうと認めた。それだけで、まだ足りないか」

「足りるの、足りぬのという問題ではないのだ、ドードー。わかってくれ」

グインは困惑したように云った。だが、そのことばにも、またその目の表情なども、ほんの少し前に、みるも頼りなげにうずくまっていた、あの見捨てられた赤児のようなおぼつかぬところはまったくなくなっていた。いまの彼はもうすでに、肝心かなめのおのれの素性や、おのれのしてきたことはまったく思い出せぬままであっても、ことばの使い方にも、また、からだの使い方も、かなり、馴染んできた、あるいは思い出してきた、ということが明らかであった。

「俺にはどうしても得心がゆかぬ。おぬしたちの説明は何回きいても俺にはよくわからない。ここがノスフェラスという砂漠の国であるらしいことはわかった。そして俺が突然あらわれて、お前たちを助け、その功績によってリアードと呼ばれるようになり、ノスフェラスの王にしてもらった、それも本当らしい。だが、いったいどうしてそういうことになったのか、いったいどこから俺が忽然とあらわれてきたのか、そのもとは俺はどういう存在だったのか——そして、その、二度目にあらわれてきて《グル・ヌー》とやらの伝説をとくまでのあいだに、いったい俺がどこで、どのようにして、誰と、どのように過ごしていたのか——それを教えてくれることはおぬしらには出来ぬ。だから、俺は、おのれ自身がそのあいだいったいどこにいて、何者であったのかを知るために、ここでないどこかへまず行ってみようと思うのだ。いってみて、もしそこでも何もわからなければ、やむを得ぬから戻ってくる。だが、それまで、俺を自由にさせてくれ。俺は、どうあっても、おのれがいったい何者であるのか、なんでこんな姿かたちをし、《グイン》というこの頭にうかぶことばが本当に俺の名前なのか、俺の頭のなかにある奇妙ないくつかのわけのわからぬ残像はなにごとなのか、そういうものをすべて解明せずにはおかれぬ心持なのだ」

「駄目だ」

ドードーは頑強に繰り返した。

「この次行ってしまったらきっともうリアードは帰ってこない。なんとなく、ドードーにはわかる。そういう感じがする。だから、リアードは帰さない。もう、リアードは一生ノスフェラスの王としてセムとラゴンを治めて暮らす。それでいいのだ」

「よくはない。俺自身がおのれに納得していない」

「納得など、あとですればすむことだ。とにかくリアードは行ってはいけない」

「俺は行く」

グインは低く、だがはっきりと云った。

「そこをどけ、ドードー。俺は自分を探すための旅に出かける」

「行かせない」

ドードーはきっぱりと云った。そして、腰の石づくりの短剣をいきなり抜きはなった。

「どうしてもゆくというのなら、ドードーを倒してからゆく。前に出ていったときも、それで勝負をつけた。ノスフェラスの王が、またノスフェラスを捨てるというのなら、ドードーを倒して力づくで踏み越えてゆけ。でなければ、行かせない。お前はノスフェラスのただ一人の王だ。行ってはならぬ。リアードはノスフェラスにいなくてはならぬのだ」

あとがき

栗本薫です。カウントダウン、いよいよ「あと3」、「グイン・サーガ」第九十七巻「ノスフェラスへの道」をお届けいたします。

このままゆくと、十二月に九十八巻、二月に九十九巻、そして二〇〇五年の四月をもってついに「百巻」の金字塔に到達、ってことになるわけなんですが、なんか話のほうはどんどん展開していって、私的には、なんかいっぺんどうも、九十五とか九十六で収束しちゃって、そのあと「次の話がはじまってる」という感じがしてしかたがないんで、どうももうひとつ「百巻の節目！」っていう感じがしなくなっちゃいました（笑）最初は、もしかしてそうしようと思えば百巻でまさに完結できるんだろうか、などという気がしないでもなく、「じゃあ次は第二部としてスタートすればいいんだろうか」なんて考えていたりしたんですけど、結局話のほうはそんなもの知ったこっちゃなく、自分の勝手な都合だけで展開してゆくものだから、このままゆくと百巻ていうのは、クライマックスでも、何かのはじまりでも、といって終わりでもない、要するに「途中」とか

「途中経過」とかの、わりかし地味な巻になりそうな気がして（笑）変ですねえ。でも考えてみると五十巻目の「闇の微笑」もけっこう地味な巻ではあったんで、そういう節目にちょうどすごいクライマックスがぶつかる、っていうふうには、さしもの私の力をもってしても出来ないのかな、あるいはわざとヤーンの神がそれをよけて、「ま、百巻は百巻てだけで充分にインパクトあるんだからさあ……」などとぶつくさ云ってるんだろうか、などという気がしないでもありません（笑）

　とりあえず、どうも、九十六から新しいシリーズがはじまったような感じで、私としては、ううーんっていう感じでもあるんだけど、それとは別に、「百巻」という数字はどんどん迫ってきていて、出版はこれから九十七巻ですけど、私個人としてはもう実は九十九巻は書いてしまったので、次に書くことになるともう早くも百巻てことになるので、「おおっそうか」とか思っておりますが、いっぽう関係ないですが、今年の夏ってのはなんかこう、実ーに異常な暑さでありましたね。それももう、「異常気象」って感じのとても大変な暑さと湿気、あいまに台風だの地震だの、オリンピックだの（一緒にしちゃいかんか）テロ事件だのって、なんか本当に「すげえ夏」っていう感じでした。その夏のすごさに、もともと夏に弱い私はあっさりと負けまして、とりあえず七月なかばまではひいひい云いながらもなんとか持ちこたえたんだけど、七月二十日前後のあの「史上空前の暑さ」ってやつ、それもなんとか切り抜けた、と思った瞬間にボディブローくらったみたいな感じで、八月はとうとう「夏負け・夏ばてとの戦い」になってしまい——九月に入ってもいまだにどうも体調がととのわない、という、なんかもう、最悪の結果になってしまいました。まあね、とにかく八月下旬から九月あたまにかけては、むくんでむくんで、ほんっと不快感がすごいし、生ウコンとかのお世話になって、それに涼風がやっとたってきて、やっとこのしんどい夏を生き延びたなあと思ったら、こんどは台風でまたまた湿気や気圧が上昇してきたでしょ。むろん被災地のかたたちのこと考えたら、たかが湿気くらいで文句いえた義理じゃあないんだけど、しかしなんか、「またかっ」って感じで——なんか本当、ぐったりしきった夏の後半でした。夏休みってほどの夏休みも結局なかったし、そのまま、仕事がまたぎりぎり追いつめられてきて、それをひとつ切り抜けると次のが大上段からかかってくる、って感じで、それこそチャンバラ映画の主人公になったような感じで、ひとつひとつ襲い掛かる締切や仕事や体調不順をばったばったと切り倒しては、次のやつに立ち向かう、って感じで、スタンスをどうしてもなかなか取り戻せない。いやいや疲れました。

いや、ました、って過去形にしてもまだまだ実は続いている話で、これ書いているのは九月の六日ですが、このあと、八日から、十月のあたまに再演の決まっている去年の十二月の作品「タンゴ・ロマンティック」の、その再演用の稽古に入ることになっていて、しかもそれと前後して、お友達の若柳雅康先生に「末永く残る新しい古典となるような、長唄の作品を書いて下さい」というご依頼を頂戴して、「桜狩」っていう、舞踊用の長唄を、作詞と作曲を全部書き下ろしたんですね。ちょうど、うちのピアノの先生、「タンゴ・ロマンティック」でも出演してくださる嶋津健一先生も実はこの秋の芸術祭にエントリーしておられて、尺八とヴォイスアートとジャズトリオのセッションでエントリーなんだけど、雅康先生もこの「桜狩」で芸術祭エントリーされるので、はからずも「芸術の秋」になったんだけど、そんなこんなで、まあもう毎日たーいへん。小説書いて三味線弾いて、こないだは津軽三味線の記念大会にも出たし、来週はオールド・ジャズ・トリオと歌のライブもやるし、いったいわたしゃ何をやってんだろう、ってくらいめまぐるしい日々になりつつありますが……それもたぶん、十月に入って、公演が無事に終わり、雅康先生の公演と嶋津先生の公演が終わり、そしてついでにこの三年恒例になった、今市・等泉寺での「お月見ライブ」が終わると、それでやっとやれやれになるのかと思うんですけどねえ。そうしたらでも、こんどはもうそれこそグイン百巻イベントいろいろもろもろに向けて世の中が動き出しそうで、ううーん、やっぱり、あと一、二年はのんびりしようったって出来ないんだろうか。

というか、もしかして、一生、こういう生き方してるかぎりはのんびりなんて、夢のまた夢かもしれないって気もしてきましたが――まあ確かにそれが楽しくてやってる部分てのはあると思いますけど、でも一方では確実に「ナマケモノのように木からさかさにぶらさがってだらーりとしていたい」っていう欲求も私のなかにあるので、永久にまあ、その、あとからあとから仕事と多忙をくわえ込んでしまう性の人と、ナマケモノ願望の人とが、私のなかで戦っている、という状態になるんでしょうねえ。

それでもまあ、グインそのもののストーリーとしては、百巻迎えてなんか決着がつく、というものではなくなっちゃったけど、「百巻」をめぐっていろいろなものが進行していて、なかにはなかなか面白そうだったり、楽しそうだったりするものもあるので、それは楽しみなんですけども……いまそれ全部ここでいっちゃうわけにはゆかないけど、でもまあ、これも二度とないことだから、お祭りするのは嫌いじゃないし、いいんじゃないかなあ、って感じで――なんか、私、八十巻から九十巻前後のときが一番騒いでいたみたい（笑）だんだんクールダウンしてきてしまって、「うん、百巻なんだー、早かったねー」ってくらいの感じになっておりますが（笑）

折りもおり海の向こうではイチローが素晴しい大記録に挑戦していて、それがとってもなんだかはげみになるというか、楽しみだったりして、毎日このところ「イチローはどうした」って一喜一憂しておりますが、きのうは「五打数五安打」というすさまじいことをやってくれたばかりのところだったんで、すっごく幸せだったりします（爆）もうこうなったらイチローにもゆきつくとこまでどこまでもはてしなく挑戦してもらって、私も、百巻だろうが二百巻だろうが、どこまでもとことん、命尽きるまでやってゆくのかな、って思ったりしますが……ま、秋が深くなってくるともうちょっとしっとり、しんみりした気分にもなれるんじゃないかと思いますが、いまんとこは、まだようやく秋の気配が立ちそめたばかりで、やっと少し涼しくなって意気上がってるから、駄目かもしれない、しんみりするのは（笑）

にしても、話のほうはだんだん「いったい次はどこにゆくんだ」って感じになってきて、私も目がはなせない、なんていったらまことに無責任ながら、じっさいまさにそんな感じです。ここのとこ、逆に、変な具合にバタバタバタバタいろんな用事に追いかけまわされているもんだから、グインを書いている時間が一番平穏で楽しくて幸せでオアシス、なんていうふしぎなことになっていたりします。ただちょっと参っているのが、ちょっと相当目が痛んできてしまったことで、近視の度がかなり進んできてしまい……むこうからくる人の顔もわからないくらいになっちゃったけど、四十年以上にわたって「とても目のいい人」として生きてきたから、いまになって近眼鏡を作る、というのがよくわからなくて、まだ検眼もいってないんだけど……でもやはり、目が疲れやすくもなってきてるし、いろいろほかにもガタも出てきてるから、なんとかして、もうちょっとはからだも目も大事にして、休めてやらないと駄目ですねえ。もうだんだん無理もきかなくなってくるんだから。

って、「百巻！」という景気いい話題とはうらはらに、まことに不景気な展開になってしまいましたが、ま、ようやくあのおっそろしい夏を生き延びて、私としては、この秋に期待、って感じです。これがお手元にとどくころには、もう「錦秋」を迎えているでしょうか。だといいんですけどねえ。

ということで恒例の読者プレゼントは、川井勝様、中条志穂様、越後谷圭子様の三名様に差し上げます。ではまた二ヶ月後、こんどは十二月、クリスマスシーズンのまっさかりにお目にかかりましょう。

二〇〇四年九月六日（月）

神楽坂倶楽部 URL
http://homepage 2.nifty.com/kaguraclub/

天狼星通信オンライン URL
http://homepage 3.nifty.com/tenro/

天狼叢書の通販などを含む天狼プロダクションの最新情報は、天狼通信オンラインでご案内しています。

これらの情報を郵送でご希望のかたは、長型4号封筒に返送先をご記入のうえ80円切手を貼った返信用封筒を同封して、お問い合わせください。（受付締切等はございません）

〒162-0805 東京都新宿区矢来町109　神楽坂ローズビル3 F
（株）天狼プロダクション情報案内グイン・サーガ97係

著者略歴　早稲田大学文学部卒
作家　著書『さらしなにっき』
『あなたとワルツを踊りたい』
『ドールの子』『豹頭王の行方』
（以上早川書房刊）他多数

HM = Hayakawa Mystery
SF = Science Fiction
JA = Japanese Author
NV = Novel
NF = Nonfiction
FT = Fantasy

グイン・サーガ97

ノスフェラスへの道《みち》

〈JA769〉

二〇〇四年十月　十　日　印刷
二〇〇四年十月十五日　発行

（定価はカバーに表示してあります）

著　者　栗《くり》本《もと》薫《かおる》
発行者　早川　浩
印刷者　大柴正明
発行所　株式会社　早川書房

郵便番号　一〇一 - 〇〇四六
東京都千代田区神田多町二ノ二
電話　〇三-三二五二-三一一一（大代表）
振替　〇〇一六〇-三-四七七九九
http://www.hayakawa-online.co.jp

乱丁・落丁本は小社制作部宛お送り下さい。
送料小社負担にてお取りかえいたします。

印刷・株式会社亨有堂印刷所　製本・大口製本印刷株式会社

ISBN4-15-030769-5 C0193